京の縁結び　縁見屋と運命の子

三好昌子

宝島社
文庫

宝島社

目次

第一章 逢魔（おうま）……7
第二章 白香堂……47
第三章 燕 児……125
第四章 怖絵師……193
第五章 怖絵師の娘……243
第六章 須弥屋……321
第七章 虚 燕……355

京の縁結び　縁見屋と運命の子

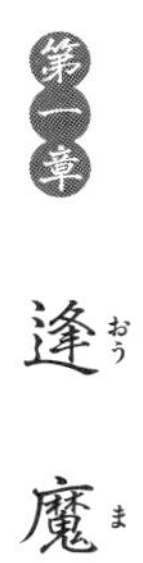

第一章　逢魔（おうま）

其の一

恐怖には形がある。貴和（きわ）がそれを知ったのは、寛政五年（一七九三年）、秋の気配が漂い始めた、ある夕暮れ時のことであった。

その日、五歳の貴和は、母が働く旅籠（はたご）、「桃月（とうげつ）」にいた。

母親の美津（みつ）は、その旅籠で仲居をしていた。掃除や厨房（ちゅうぼう）の仕事をこなし、日暮れ前には家に戻る。その間、貴和は裏隣の安蔵（やすぞう）とお常（つね）という老夫婦に預けられていたが、偶々（たまたま）この日は彼等に法要があって、美津が仕事先に連れて行くことになったのだ。

家には父親の夕斎（ゆうさい）がいた。絵師であったがあまり売れてはいない。値の安い扇面の絵を描く仕事をしているが、数をこなさないと纏（まと）まった金にならないので、とても幼子の面倒までは見られなかった。

夕斎と一緒になる以前から桃月にいた美津は、機転が利く上に働き者だったので、旅籠の先代、藤兵衛（とうべえ）に気に入られていた。休まれるよりは子連れの方が良いと、子供を仕事場に伴うことを許してくれたのだ。

とはいえ、幼い子供を広い屋敷内で放っておく訳には行かない。美津が忙しく立ち働いている間、藤兵衛が貴和の子守りを買って出てくれた。息子夫婦に、まだ子供がいなかったこともあり、藤兵衛にとって貴和は孫のようなものだったのだ。

中庭には大小様々な鯉(こい)が泳ぐ池があった。藤兵衛と並んで餌(えさ)を投げると、鯉が一斉に寄って来る。大きな口を開け、バシャバシャと飛沫(しぶき)を上げながら餌に群がる様が面白くて、貴和は「もっと、もっと」と、藤兵衛に餌の麩(ふ)をせがんだ。

「そない食べさせたら、鯉がおなかを壊してしまうえ」

藤兵衛が相好を崩す。

「それより、今度は貴和ちゃんがおなかを一杯にする番や。おいで。お菓子をあげよ」

隠れる場所が沢山ある広い庭、食いしん坊な鯉、美味しいお饅頭(まんじゅう)、少し苦いお茶……。そこは込み合った町屋の暮らししか知らない貴和にとって、生まれて初めて目にする、極楽のような所であった。

「極楽」というのは、近所の寺で見た絵に描かれていたので、貴和も知っている。善い行いをした人が、死んでから行く所らしい。反対に悪い行いをすると、「地獄」へ連れて行かれ、厳しい罰を受けるのだ、と、和尚さんは教えてくれた。その話を聞かされた夜は眠るのさえ怖くて、母の寝床に潜り込んだものだ。

ともかく、貴和の知識で知っている限り、その日は「極楽」の一日だった。

やがて日も暮れる頃になり、夕餉(ゆうげ)の膳を客室に運び込んで、母の仕事は終わった。

藤兵衛と庭で散々かくれんぼに興じた貴和は、藤兵衛の部屋で眠りかけていた。

「貴和、お待ちどおさん。さあ、帰ろ」

貴和は目を擦りながら母に縋(すが)った。

「お母はん、おんぶして」

その様子を見た藤兵衛が、店の者に送らせようと言ったが、美津は断った。

「まだまだ忙しゅうおす。この子は軽いさかい大事おへん」

「ほな、暗うならん内に、早う帰りよし」

「御隠居さんには、ほんまにお世話になってしもうて。おおきに、ありがとうさんどした」

美津は藤兵衛に礼を言うと、貴和を背負って桃月を後にしたのだった。

桃月は、南北に走る寺町通(てらまちどおり)と東西の御池通(おいけどおり)の北の角にあった。寺町通を挟んだ向かい側が本能寺(ほんのうじ)だ。貴和の家は、御池通を西へ向かった、六筋目の高倉通(たかくらどおり)をやや下がった所にある町屋の並びにあった。

高倉通に入る手前に、御所八幡社（ごしょはちまんしゃ）がある。その社の境内は近隣の子供等の恰好（かっこう）の遊び場になっていて、貴和もお常に連れられて、そこへ行っては、母の帰りを待つのが習慣だった。

桃月の勝手口から表に出た美津は、御池通を歩いていた。暗くなる前に桃月を出るようにしていても、さすがに初秋ともなると、日の落ちるのも早い。西の山際に朱を残して、辺りはすっかり青い靄（もや）の中にある。

御池通はまだ人が多く、酒を出す小料理屋の提灯などにも灯りが入るので、美津も安心していたのだろう。

御幸町通（ごこまちどおり）、麩屋町通（ふやちょうどおり）、富小路通（とみのこうじどおり）と三つばかり辻（つじ）を越える内に、貴和はひどく眠たくなった。母の背中は温かい。程よい揺れが、さらに眠りを誘う。そんな時だった。足早に歩いていた美津が、突然、足を止め、貴和の頭がガクンと揺れた。

ハッとして目を開いた貴和に、美津がどこか切羽詰まったような声で、「降りるんや」と言った。

「お母はん、もう家に着いたん？」

そう尋ねる貴和を、美津は腰を屈めるようにして地面に下ろした。

貴和はキョロキョロと辺りを見回した。そこは御所八幡社の鳥居の前だった。

驚いたのは、周囲がすでに暗く陰っていたことだ。秋の宵というよりは暗く、まるで深夜の闇の中にいるようであった。妙に静かで、さっきまでの人通りもピタリとなくなっていた。家々の明かりが一つも見えない。まるで深い沼の底にいるかのように、闇が重く二人の周囲に纏わりついていた。

貴和は怖くなって母に縋りついた。だが、美津はその手を乱暴に振りほどくと、険しい声で貴和に言った。

「すぐに八幡社の境内に隠れるんや。どこでもええ、誰にも見つからん所に」

美津は貴和の背を強く押した。貴和の小さな身体はつんのめり、草履が脱げて、転びそうになった。

「お母はん、なんで……」

訳が分からず振り返った貴和は、母の視線の先にあるものを見てしまった。

闇の中にさらなる闇がある……。

その濃い闇は、人の形をしていた。旅の法師のように、手足に脚絆を巻き、黒い衣を纏っている。黒い笠を目深に被り、全身は黒い炎のような靄に包まれていた。

「早う、隠れるんやっ」

美津は視線を黒い法師に向けたまま、貴和を叱咤した。初めて聞く、凍て付くような母の声だ。美津は貴和の存在を法師に知られまいとするかのように、じりじりと離れて行った。

咄嗟に貴和は八幡社の境内に駆け込んだ。無我夢中で鳥居の下を潜った途端、貴和は唖然とした。境内が明るいのだ。青い宵闇に包まれてはいるが、そこにはいつもの夕暮れの情景があった。

さすがに子供等の姿はない。社を覆う木々の間から、近くの町屋の明かりがちらちらと揺れるのが見えた。

（どういうことなんやろ）

貴和は慌てて振り返った。やはり鳥居の向こうは深い霧のような闇に覆われている。

（お母はんは、あそこにいるんや）

子供心にも母の身が案じられ、貴和は再び鳥居の向こうへと戻ろうとした。

一歩、闇に踏み込んだ瞬間、目に母の姿が飛び込んだ。黒笠の法師が徐々に母へと迫っている。

法師の手には一本の杖があった。木の枝をそのまま伐ってきたようなその杖が、白い光を放って輝いていた。その表面には幾つかの丸い節がある。それが、まるで瞼を閉じた目のように見えた。

——……こども、は、どこにいる……——

まるで地の底から湧き上がって来るような声が言った。

母は怯えたように後ずさりしている。

「お母はんっ」

貴和は思わず声を上げていた。

途端に母の身体が凍り付いたように見えた。一瞬、法師の動きが止まった。だが、すぐに貴和の姿を捜そうとするように、笠が右に左に振れ始める。

「きわっ、来たらあかんっ」

美津は悲鳴のような声を上げ、法師に縋りついていた。貴和は茫然とその場に立ち尽くす……。

その時、何かが頭の上を翳めるように飛んだ。風を切る鋭い羽音に、貴和の耳の奥がキーンと痛くなった。

それは大きな鳥だった。鳥は鉤爪（かぎづめ）のついた両足で、法師の顔の辺りを摑（つか）もうとしていた。

法師は、それを杖で振り払おうとする。

鳥は怯（ひる）むことなく、先端の曲がった嘴（くちばし）で法師に襲い掛かった。次の瞬間、黒笠が飛んで、法師の顔が現れた。

それを果たして「顔」と言って良いのだろうか。貴和の目に映ったのは、形のない黒い靄の塊であった。両目のある位置に、丸い穴のような物が二つ、白く光っている。

「はよう、こっちへ」

突然、子供の声が聞こえた。振り向いた貴和の前に、子供の手が現れた。夢中でその手を握りしめた貴和は、とても子供のものとは思えないような強い力に引き寄せられていた。

貴和は慌てて辺りを見回した。そこは八幡社の鳥居の内側だった。

「貴和っ」

母の声がした。振り返ると美津がいて、貴和の身体を抱きしめて来た。いつの間にか、あの黒い靄は跡形もなく消え、黒笠の法師も大きな鳥の姿も、見えなくなっていた。

辺りは宵闇に包まれていたが、それでも、まだ行き交う人もいたし、家々の明かりもいつもと変わらず、通りを照らし出していた。

「もう、大丈夫やさかい……」

美津は貴和を落ち着かせようとしたつもりだったのだろう。しかし、改めて目にした母の姿は、綺麗(きれい)に結っていた髷(まげ)も解(ほど)け、着物も乱れてただならぬ様子だ。それを見た途端、先ほどの恐怖が蘇(よみがえ)って来て、貴和は初めてうわーんと声を上げて泣き出していた。

再び平穏な情景が訪れて、貴和は一瞬、あの黒笠の法師の存在が、母の背中で見た夢であったような気になっていたのだ。

母の胸で泣きじゃくっていた貴和がようやく顔を上げた時、すぐ傍らに、一人の男の子が立っているのが見えた。貴和よりも少し小さい。くりんとした目の愛らしい顔立ちのその男の子は、貴和に向かってニコニコと笑いながらこう言った。

「お姉ちゃん、助かって良かったな」

貴和は先ほど自分が摑んだ手が、その子供の物なのに気が付いた。

なんとなく見覚えがあるような気がしたが、どこの誰なのか分からない。

「坊が助けてくれたんやな」

美津は「おおきに」と言って、子供の頭を撫でてやった。

その時、「燕児ー」と呼ぶ女の声が聞こえた。

見ると、一人の女が境内を横切るようにして足早にやって来る。

「急におらんようになるさかい、どこに行ったんかと思うたえ」

女は、燕児というその子を、かなり捜し回っていたようだ。肩を激しく上下させ、荒い息を吐いている。

「うちの子が、なんぞしたんと違いますか?」

貴和が泣いていたのが分かったのか、女は不安げに問いかけて来た。

「元気はようても、乱暴な子やあらしまへん。なんぞあったんやったら謝りますよって」

慌てたように言葉を続ける女を遮って、美津は頭を下げていた。

「おたくの坊ちゃんに、うちの娘を助けて貰うたんどす。どうぞ褒めてやっておくれやす」

美津の言葉に、女は困惑したようだった。

そこへ、一人の女の子が走り寄って来た。

「おばちゃん、燕児、見つからはった？」

その女の子は、貴和も何度か八幡社の境内で見たことがあった。年齢は貴和よりもいくつか上なので一緒に遊んだことはなかったが、燕児というその子といたのを思い出した。

「親戚の家に連れて来たんどすけど、姿が見えんようなって、捜してたところなんどす」

と、女は事情を話し始めた。

「雪乃(ゆきの)ちゃんに、ようここに連れて来て貰うてるさかい、もしかしたら、て……」

来てみたら燕児がいる。しかも幼い女の子が泣いていたので、何か乱暴なことでもしたのかと案じたらしい。

「燕児さんのお陰で助かりました。おおきに、ありがとうさんどした」

「それやったらええんどすけど、ほんまに、なんぞあったんと違いますか？」

再び訝しそうに尋ねて来たのは、美津の姿に、ただ事ではないと気が付いたからだろう。

「怖いもんが貴和ちゃんを攫いに来たんや」

燕児が口を開いた。

「人攫いに遭うたんどすか?」

燕児の母親は驚いたように美津を見た。

「うちがつい目を離した隙に、娘を連れ去ろうとしたんどす。後は無我夢中どした」

美津は平然と嘘をついた。

あれは人攫いやない、と咄嗟に貴和は思った。だが、あの黒笠の法師が、貴和を捜していたのは確かなようだ。

「ほな、うちはこれで失礼させて貰います。遅うなると家のもんが心配しますよって」

美津は貴和を背負うと、急いでその場から立ち去って行った。

家の近くまで来ると、なぜか美津は裏隣の安蔵夫婦の所へ寄った。

すでに親戚の法要から戻っていたお常は、美津を見て一瞬声を失っていた。

「いったい、何があったんどす?」

「戻る途中に物取りに出遭うて、この子を背負って必死に走って来たんどす」

　貴和はその言葉を聞きながら、なぜ、母がこうも嘘をつくのか不思議に思った。ついさっきは、燕児の母親に人攫いだと言っていたのだ。

「近道しよう思うて、八幡様の境内に入ったら、そこで……」

「あそこは、夜は宮司さんがいてはらへんさかい、昼間と違うて物騒なんや。まあ、何事ものうてよろしゅうおした」

　お常は安堵したようにため息をつくと、二人を家に入れてくれた。

「うちが声を上げたら、物取りは逃げてしまいました。せやけど、あんまり怖かったさかい、走ったらこないなことに……」

　美津は乱れた髪や着物の言い訳をする。

「そないな恰好で帰ったら、夕斎はんかて仰天しますやろ。中で直して行きなはれ。うちの人は、お酒の席に残らはってまだ帰ってしまへん。遠慮のうお上がりやす」

　お常は美津と貴和を座敷に上げると、さっそくお茶を淹れてくれた。

「貴和ちゃんも、怖い思いをしたんやな。小さいのに可哀そうなこっちゃ」

　優しい言葉をかけられて、貴和はなんと答えたら良いのか分からなくなった。

（あれは、物取りなんかやない）

もっと、もっと怖いものだ……。人の形をしていながら、人の顔をしていない。それが貴和の見た「恐怖」の姿であった。

あの時、燕児が現れなければ、貴和はどうなっていたのか分からない。到底人とは思えない法師の、あの白い丸い目に見つかれば、貴和は本当に攫われてしまったのかも知れない。

――怖いもんが貴和ちゃんを攫いに来たんや――

そう言った燕児の言葉が、一番、正しかったような気がした。

髪を直し、着物を整えると、美津はお常に礼を言った。

「ほんまに助かりました」

「せやけど、このこと町方に届けた方がええんと違うやろか」

「へえ、明日にでもそないします」

美津は即座に答えた。

貴和の家とお常の家は、裏庭を挟んだ隣同士だ。裏庭づたいにも帰れたが、美津は家に入るのにわざわざ表へと回った。

「お母はん、なんで、あないな嘘を言うん？」

戸口の前で、貴和は母に問いかけた。

「あのお坊さんは、物取りなんかやない。せやのに、なんで……」

「貴和、これからお母はんの言うことをよう聞き」

美津は戸口に掛けていた手を下ろすと、しゃがみ込んで貴和の目をまっすぐに見た。

「あんたは、ほんまに強い子や。これから何があっても、そのことをしっかりここに刻んでおくんやで」

美津は、貴和の小さな胸に片手を押し当てた。

「これから何かあるん。またあの怖いお坊さんが来るん？」

貴和は不安を感じて母に問いかけた。

すると、美津は「堪忍な」と言って、涙ぐんだ。

「これから、あんたには寂しい思いをさせることになる」

貴和には母の言葉の意味が分からない。困惑していると、突然、ガラリと戸が開いた。

顔を出したのは父の夕斎だ。

「なんや、帰ってたんかいな。あんまり遅いんで迎えに行こうかと思うてたところや」

ほっとしたように夕斎は言った。

周囲はすでに夜の闇に包まれている。

「すんまへん。仕事が忙しゅうて、向こうを出るのが遅うなってしもた」

母は何事もなかったかのように、にっこりと笑ってまた嘘をついた。

其の二

黒笠の法師に襲われた、その翌日のことだった。仕事に出かけた美津は、なかなか家に戻って来なかった。

初秋の風が戸板を叩く。暮六つ（六時～七時）になると、さすがに辺りは宵闇に染まる。

昨日のこともあった。いつもは母の帰りが少しぐらい遅くなっても、不安に駆られることはない。そんな時は、菓子をお土産に買って来てくれるので、むしろ楽しみに待っていられた。

(また、あの黒笠のお坊さんが来たんやろか)

それを思うといても立ってもいられなくなった。昨日のように、今度もあの大きな鳥が現れて助けてくれるとは限らないのだ。

宵五つ(八時~九時)になった頃、画室から父親の夕斎が現れた。

「なんや、今日もまだ美津は戻ってないんか?」

夕斎の画室は一番奥にあった。彼はそこで土産物用の扇に絵を描く仕事をしている。

貴和は再び視線を表に向けた。狭い門口の町屋がひしめくその辺りは、あちこちの格子戸から漏れる明かりが、群青色の闇に細い縞(しま)模様を作っている。

この日、夕斎は時を忘れて仕事に没頭していた。

風が一段と強くなった。枝からむしり取られた木の葉が、縦横無尽に飛び交っていた。

「貴和、入るんや」

父の大きな手が戸口にいた貴和の肩を抱き寄せた。

「お母はんは?」

貴和は父を見上げて問いかけた。

「最近、客が増えた言うてたさかい、忙しいんやろ」

桃月も秋の行楽客で、賑わう時期だ。

夕斎は表の戸を半分ほど閉めかけてから、思案するように外を見た。すでに人通りもなくなっている。

「しゃあないな」

夕斎はそう呟いて、傍らの物入れから提灯を取り出した。横の小座敷の行灯に火を入れると、その火を提灯に移そうとして、ふとその手を止める。

「あかん。この風やと、すぐに消えてしまう」

諦めたように提灯を置き、夕斎は貴和に強い口ぶりでこう言った。

「『桃月』まで行って来るさかい、ちゃんと戸締まりをして待つんやで。もし、お父ちゃんが、遅うなるようやったら……」

言いかけて、夕斎は眉根の辺りを曇らせた。

「お父ちゃんが戻らんかったら、裏のお常さんの所へ行くんや」

夕斎は吹きつける風に一瞬怯む様子を見せてから、通りへと出て行った。

半時(はんとき)（一時間）ほど時が過ぎても、夕斎も美津も帰らなかった。戸板や格子窓を鳴らす風の音に、今にも父母の気配がしまいかと、じっと耳をそばだてていた貴和は、しだいに落ち着かなくなっていた。

戸口横の小座敷から格子戸越しに表の通りを眺めていた貴和は、ついにお常の家へ行こうと立ち上がった。

「お母ちゃんが帰らへんのやて？」

すでに床についていたらしいお常は、夜着の上から羽織をひっかけながら驚いたように貴和に言った。

その顔を見た途端、貴和の胸は張り裂けそうになり、思わずわっと声を上げて泣き出していた。

父も母もいない。そのことが、これほど怖ろしく不安な心持ちにさせるとは思ってもみなかったのだ。

声が詰まって何も言えない。泣きじゃくる貴和の声に、慌てたように安蔵が現れた。

「大事あらへん。お父ちゃんもお母ちゃんも、すぐ帰って来るさかいに」

安蔵が貴和の頭に手を置いて言った。

「晩ご飯、まだやろ。今、何か作るさかい……」

お常は貴和を厨(くりや)へ連れて行くと、握り飯を作ってくれた。それを二つ平らげると、貴和の心もやっと落ち着いた。お常は夜着の袖で貴和の涙を拭い、「うちで待ってたらええ」と言った。

「桃月が忙しゅうて帰れんのやろ。お父ちゃんは、お母ちゃんの仕事が終わるまで待ってはるだけや。貴和ちゃんは寝てたらええ」

お常が言うなら、そういう事情なのだろう、と貴和はやっと安堵していた。

寝床に入れられ、目を閉じる。とんとんとお常が胸の上を軽く叩いてくれる。その調子と表を吹きすさぶ風の音が奇妙に合わさり、しだいに貴和を眠りに誘う……。

遠くなる意識の中で、貴和は安蔵とお常の会話を聞いていた。

「美津さんに、何かあったんやないか」

ひそと囁(ささや)かれる声は滴る墨の一滴のように、貴和の胸に染みを作る。

「めったなことを言うんやない」

安蔵がすぐに遮った。

「なんもある筈がない。お美津さんは働きもんやさかい、桃月でも重宝してるんや」

その安蔵の声にも、何やら不安の色がある。

「せやけど、昨日の物取りのこともあるさかい……」

なおも言いかけたお常を、安蔵がしっと制して、声は途絶えた。一時止まっていたお常の手が再び貴和の胸を叩き始め、嵐はますます盛んになった。

(あれは、物取りやない)

だが、貴和にはそのことを伝えて良いのかどうかも分からなかった。

全身が黒い靄に包まれた怪しい法師が闇から現れて、母を襲った……。

そんな説明で納得する大人がいるとは、貴和にはとても思えなかったのだ。

(せやさかい、お母はんは嘘をついたんやろか)

そんなことをあれこれ考えている内に、いつしか貴和は眠りに落ちて行った。


明け方、貴和は人の声に目を覚ました。部屋には誰もいない。ここがどこか思い出すのにしばらく時間が要ったが、間もなくお常の家の奥座敷だと気がついた。

襖の向こうには、きっと父と母が迎えに来ているのだ。貴和は飛び起きると、襖を開けようと近づいて行った。

「美津さんが、おらんようになった？」

驚いたようなお常の声が聞こえた。思わず、襖の取っ手に掛かっていた貴和の手が止まる。

「いったい、何があったんや」

声を落とすようにして安蔵が問いかけている。

「分からへんのや」

父の夕斎が絞り出すような声で答えていた。

「粟田口村に、桃月の大旦那様の隠居所があるんや。大旦那様が風邪で寝込んだていうんで、茶粥を届けに美津が使いに出されたんやが、それきり戻って来いひんのや」

粟田口村は、三条橋を越えてさらに東へ行った所にあった。

夕斎が桃月を訪ねた時、すでに店は騒然としていた。

「幾ら遅うても、夕七つ（四時～五時）には戻って来る筈や」

幾ら待っても美津が戻らないので、主人の佐久兵衛が、町方へ届けようとしていた矢先だった。事情を聞いた夕斎が、代わって奉行所へ走った。ひと月ごとに、外番と内番を交代する町方だが、この月は、西町奉行所が担当していた。

捜索は深夜を超えて、明け方まで行われたという。三条橋の東側だけでなく、鴨川(かもがわ)の河原沿いも隈(くま)なく捜した。強盗や辻斬りの線も考えられたが、幸か不幸か、死体らしき物は見つからなかった。

美津が粟田口の隠居所へ行ったところまでは確認された。美津は持って来た茶粥を温め直し、さらに隠居のために葛湯(くず)をこしらえた。

桃月の先代主人、藤兵衛は、連れ合いを亡くしてからは、桃月で働いていたお袖(そで)という四十代半ばの女に、身の回りの世話をさせていた。お袖には太助(たすけ)という亭主がいて、力仕事は彼の役目であった。

お袖も、美津はまだ日があるうちに帰って行ったと言うのだ。

「半時もあれば、桃月には戻れる筈や」

襖越しに聞こえる父の声に、貴和はすっかり怯えて、その場に座り込んでしまった。

「それで、町方はどない言うてはるんや」

「三条通は人通りも多い。誰か美津を見たものがおらんか聞いてみる、て……」

そこで夕斎の声は途切れた。

「町方ていうたら……」

その時、お常が思い出したように口を挟んだ。

「一昨日の話、美津さんから聞いてはらしまへんか？」

お常に問われて、夕斎は戸惑うように言った。

「なんぞありましたんか？」

「帰りに物取りに出遭うて、美津さん、それは必死に逃げて帰らはったんや。小さい貴和ちゃんまで、怖い思いをして……。ほんまに、知らんのどすか？　昨日、町方へ届けるて言うてはったんやけど」

お常はすっかり呆れ顔になる。夕斎は押し黙ってしまった。

（お父はんは、なんも知らんのや）

改めて貴和は思った。

一昨日、母は沢山の嘘をついた。それは、本当のことが言えなかったからだ。理由は、貴和にも薄々分かっていた。あの法師はとても「人」とは思えなかったのだ。

それにさらに怖ろしかったのは、黒笠の法師が、貴和を捜していたらしいことだ。

――……こども、は、どこにいる……――

子供はどこにいる。

法師は、母にそう聞いていた。

途端に貴和の背筋がゾクリとした。今はっきりと分かった。やはり、あの時、母は貴和を法師から隠そうとしていたのだ。

その時、表の戸を叩く音がした。お常が出ると、やって来たのは桃月の手代であった。

「女将さんからの使いで来ました。夕斎はんの家が留守やったんで、こっちやと思うて……」

「なんぞ分かったんかっ」

声を聞きつけて、夕斎が表に飛び出した。貴和は襖を少しだけ開ける。

「それが、女将さんの部屋に文が置いてあったそうで……」

女将のお陽が、鏡台の下に落ちていたのに気づいたのだという。文は二通あった。一通はお陽宛てだったが、もう一通は夕斎に向けた物だった。

「女将さんへは、ゆえあって京を離れることになったので、貴和のことをよろしゅう頼む、て内容やったそうどす。理由は夕斎はんの文に書かれてあるんと違いますやろか」

夕斎は手代の手から文をひったくると、すぐに開いた。

それから怪訝な顔になり、次の瞬間、「あのおなごは、何を考えとるんやっ」と文を投げ捨てたのだ。

お常が文を拾い上げた。驚いたように夕斎の顔を見て、「あんさん、これは……」と言ったきり無言になった。

「どないしたんや」と安蔵が文を取る。安蔵は文に目を通すと、茫然とした様子で夕斎に顔を向けた。

「これは離縁状やないか」

「りえんじょう、て、なんなん？」

大人たちの慌てように益々不安が募って来た貴和は、襖を大きく開いて問いかけた。

「貴和ちゃん、起きてたんかいな」

お常が焦りを見せる。まだ寝ていると思っていたらしい。

「なあ、お母はんは、何を書いてはるん？」

貴和はお常に縋りつく。

「りえん、て……」

「なんでもあらへん」

お常は貴和の身体を引き寄せた。

「お母はんは、ちょっと家には戻れんようになっただけや。せやけど元気にしてはる」

「子供に嘘は言わんといて下さい」

夕斎が声を荒らげた。

「貴和、ええか、よう聞くんや。お前のお母はんはな、家を出て行ったんや。お前とわしを捨ててな」

「夕斎はん、子供にそないなことを言わんでも……」

安蔵が咎めるように言った。

「何が違うんや？　稼ぎのない亭主に愛想つかして、子供を捨てて逃げたのには変わりあらへんやろ」

「違う、お母はんは逃げたりせえへん」

貴和は声を上げた。

（お母はんがおらんようになったんは、うちを隠すためなんや）

その言葉が喉まで出かかったが、貴和はそれを飲み込んでいた。理由を問われても、何も答えることができなかったからだ。

「うちのせいなんや。きっと、うちのせいで……」

それだけを言うのがやっとだった。涙が溢れ出てくる。胸の奥に重い石が詰まったようでひどく苦しかった。

「貴和ちゃんのせいやない」

お常が貴和を抱きしめる。

「美津さんは、きっと何か思うところがあったんや。可愛いあんたを捨てたりする筈はあらへん。いずれ戻って来るさかい、元気で待っとったらええんや」

お常がどんなに宥めても、貴和の涙は到底止まりそうもなかった。

其の三

夕斎は、美津の失踪以来、酒に浸ることが多くなった。見かねて、お常と安蔵が貴和の面倒を見てくれるようになった。

　母がいなくなっても、日々は過ぎて行く。秋も深まり、冬が来て、春が訪れても、やはり母は戻っては来なかった。

　貴和は時折、母が最後に残した言葉を思い出すことがある。

——あんたは、ほんまに強い子や。これから何があっても、そのことをしっかりここに刻んでおくんやで——

　そう言って、美津は貴和の胸に掌を押し当てた。その時の母の手の跡が、今も温もりと共に残っているような気がした。

(うちがもっと強うなったら、いつかお母はんも戻って来るかも知れへん)

　そう思うと、なんだか力が湧いて来るような気がした。

(うちが強うなって、あの法師からお母はんを守れるようになれさえしたら……)

　だが、貴和がどれほど希望を持とうとしても、世間は冷酷だった。

「美津さんは、稼ぎの少ない亭主と子供を捨てて、男と逃げたんやて……」

　いつしか、そんな心ない噂話が流れるようになり、意味を理解できる年齢の子供たちの間にも伝わって行った。

「貴和ちゃんのお母はん、男と逃げたんやて」

八幡社に行っても、誰も貴和に声をかけなくなり、貴和はしだいに外へ出ることが少なくなった。

夕斎は扇面だけでなく、草紙の挿絵も描くようになっていたが、貴和の世話はほとんどお常に任せっきりだった。

「あんたのお父はんもなあ、ほんまは辛いんや」

お常は口癖のように貴和に言った。

「北川夕斎はええ花鳥画を描く、て、一時は人気もあったんやけどなあ」

それが、ある大店の主人に「ただ綺麗なだけの絵はつまらん」と言われて以来、売れなくなってしまったのだという。

「絵にも流行り廃れがあるらしいわ。わてらのような凡人には分からへんけどな」

お常はほうっと深いため息をついた。

「せやけど、ええもんは、ええんや。美津さんもそない言うてはったんやけどなあ」

「うちも、お父はんの絵が好きや」

貴和が言うと、「ほうか」とお常はにっこりと笑った。

「あんたが味方やったら、お父はんも心強いやろ」

それは母が行方知れずになった翌年の、桜が散り始める頃だった。美津の温もりを思わせるような柔らかな風が吹くある日、貴和は久しぶりに、八幡社の境内の隅で様々な遊びに興じる子供等を見ていた。

その時だった。「貴和ちゃん」と誰かに呼ばれた。声をした方を見ると、一人の男の子が、貴和の顔を覗き込むようにして立っていた。

六歳の貴和より、年齢は下のようだ。丸い顔に目のくりっとした顔立ち。貴和には、すぐにそれが燕児だと分かった。

燕児は手に独楽を持っている。

「燕児ちゃん？」

燕児はこくりと頷いてこう言った。

「心配せんかてええ。貴和ちゃんは必ずお母はんに会えるさかい」

それから、パッと身を翻して独楽回しの仲間の所へ走り去ったのだ。

「貴和ちゃん」

その時、女の子の声が貴和を呼んだ。いつの間にか、お手玉を手にした娘が傍らにいた。

黒笠の法師に襲われた日、この境内に現れた女の子だ。後で白香堂（びゃっこうどう）という大きな薬種問屋の一人娘、「雪乃」だと知った。志保（しほ）という名の同じ年頃の娘といつも一緒にいる。二人とも貴和より三つ年上なので、今まで共に遊んだことはなかった。

「燕児と、何を話してたん」

雪乃が尋ねて来た。

「お母はんに会える、て燕児ちゃんが……」

「燕児が会えるて言うたんやったら、会えるやろ。あの子は、元々勘がええさかいな」

「燕児、ていう名前なん？」

「ほんまは燕一郎（えんいちろう）や。せやけど、みんなは燕児て呼んでる」

雪乃はそう言って、貴和に手に持っていたお手玉を差し出した。

「一緒に遊ぼ。お手玉、教えてあげるわ」

貴和が躊躇（ためら）っていると、雪乃は少しばかり苛立ったように言った。

「あんた、ここへ来ても遊びもせんと、ただ見てるだけやろ、なんや辛気臭いわ。燕児が会えるて言うたんやから、あんたはお母はんに会えるんや。せやさかい、もう心配せんかてええ」

それから、雪乃は燕児のことを教えてくれた。

燕児は寛政二年（一七九〇年）、四条堀川(しじょうほりかわ)の「縁見屋(えんみや)」という口入屋に生まれた。貴和より一歳下の五歳だ。たまに白香堂に泊まりに来る。

「頭のええ子やさかい、うちのお父はんのお気に入りなんや」

なんでも仮名文字だけでなく、漢文まで読めるのだと言う。

そこで雪乃は、少し不満そうな顔になる。

「それに捜し物の達人や」

「雪乃ちゃん、失くしてたお祖母はんの形見の櫛(くし)、見つけて貰うたんやったなあ」

志保が二個のお手玉を操りながら言った。

「物を大事にせん、言うて、お父はんにそりゃあきつう怒られたわ。捜すんやったら、こっそりやってくれたらええのに。わざわざお父はんに言うんやもの」

「『縁見屋の天狗(てんぐ)小僧』、て評判やて聞いた」

志保がクスクスと笑った。

「なんで、『天狗』なん？」

不思議に思って尋ねると、志保は「さあ」というように首を傾げた。

「そない言われてるんや。雪乃ちゃん、何か知ってはる？」

「うちのお父はん、『天狗なんてもんはまやかしや』言うて、信じてはらへん。ただ、生まれつき賢い子は、そないに言われるらしいわ。『天狗の申し子』とか、『弘法大師の生まれ変わりや』とか……」

「せやから」と、雪乃は声音を強めた。

「貴和ちゃんは、燕児の言葉を信じてたらええんや」

その雪乃の言葉は、貴和の胸に心強く響いた。


秋の日は落ちるのが早い。西の空に残る夕焼けもどこか寒々しく目に映る。背負った赤ん坊が、そろそろお乳を欲しがってむずかる頃だ。十二歳の貴和はソワソワしながら、通りの向こうから赤ん坊の母親が現れるのを待っていた。

そこは町屋の並びの狭い路地だった。貴和は、ひと月ほど前から、商家の通いの女中をしているお稲（いね）という女から、子守りを頼まれていた。

日に何度か、赤ん坊にお乳を飲ませるために、お稲の仕事先へ連れて行く。合間に、おしめを洗って干しておくのも仕事の内だった。

夕斎は細々と絵を描いてはいるが、稼いだ金はほとんど酒代に消えていた。

その時、背中の赤ん坊が泣き出した。お腹が空く頃だ。お稲がまだ遅くなるなら、店の方へ行った方が良いかも知れない。

貴和は、そう思って再び路地に目をやった。

その時、角から人影が現れた。

「お稲さん」

呼びかけて近づこうとした時、貴和は思わず足を止めていた。

お稲ではなかったのだ。

そこには、あの黒笠の法師の姿があった。まるで闇から人形(ひとがた)を切り取り、群青色の空間に張り付けたようだ。

怖ろしさで足が竦(すく)んだ。貴和は後ずさりをした。背で泣いていた赤ん坊が、急に泣き止(や)んだ。まるで、貴和の恐怖を感じ取ったかのようだった。

貴和は辻へ来ると、さっと脇の路地に入った。町屋の角からそっと窺(うかが)うと、法師の姿はなくなっている。

（見間違えたんやろか）

少しほっとして振り返った時、思わず足が動かなくなった。法師はさっきよりもさらに狭くなった小路の正面に立っていたのだ。

（逃げなあかん）

心は逸るのに、どうしても身体が動かない。そうしている間にも、法師はどんどん近づいて来る。もし、貴和の眼前にやって来て、顔をほとんど隠している黒笠を押しあげ、黒い靄のかかった顔と白く光る丸い目を見せられたら……。それを思うと、貴和は恐怖のあまり悲鳴を上げそうになった。

その時だ。バサリと力強い羽音が聞こえ、貴和の周囲に黒い帳が下りたような気がした。

まるで頭から黒い紗を被せられたようだ。はっきりしていた法師の姿が、薄絹を通して見るように輪郭がぼやけて見える。

法師の方は、さらに貴和が見えないらしい。戸惑っているのか、その場から動かなくなった。

ふいにゴゴウと風が鳴った。鳥の翼が風を切るような音が貴和の耳元で聞こえ、頬には渦巻く風を感じた。

思わず目を閉じた瞬間、重く渦巻くようだった周囲の空気がふっと軽くなった。目を開くと、貴和は元いた場所に立っていた。

突然、背中の赤ん坊が泣き出した。慌ててあやそうとした時、「貴和ちゃん」と女の声が呼んだ。

振り返ると、お稲がそこにいた。

「どないしたん？　そない怯えた顔をして……」

お稲は怪訝そうに貴和を見ながら、貴和の背から赤ん坊を降ろした。

「おおきにな」

赤ん坊は母親に抱えられるとすぐに泣き止んだ。お稲は懐から駄賃の包みを出して貴和に渡した。

「それから、これはお土産や。ふかしたてやで」

差し出されたのは竹の皮に包まれた饅頭だ。まだ温かいのか、湯気が立ち上っている。

「あんたもおなかが空いたやろ。早う帰って、食べよし」

「おおきに」と頭を下げてから、貴和は周囲を窺った。黒笠の法師は影も形もなくなっている。

「お稲さん、黒い笠を被ったお坊さんを見てはらへん？」

すると、お稲は見ていないというようにかぶりを振ってから、「せやけど」と言葉を続けた。

「修験の行者様は見かけたえ」

「行者様？」

貴和には何がなんだか分からない。

「お坊さんが、どないかしたん？」

尋ねられても、貴和には「なんでもあらしまへん」としか答えられない。

少なくとも、もう黒笠の法師は現れないだろう、なぜかそんな気がして、貴和は安堵したのだった。

白香堂

其の一

突然の稲光だった。周囲が真っ白になったと思った途端、轟音が貴和の耳をつんざいていた。思わず抱えていた包みを落としそうになった。中には「桃月」の女将、お陽の新しい着物が入っていた。

文化二年（一八〇五年）の五月、梅雨に入ったばかりの頃だった。十七歳の貴和は、三年前から寺町通本能寺門前にある旅籠「桃月」で働いていた。

この日は、仕立屋までお陽の着物を取りに行った帰りであった。梅雨とはいえ、この数日晴れの日が続き、今日もまた朝から天気が良かったので傘を持っていなかった。

空はたちまち黒く陰ってくる。じきに雨が降り出すだろう。お陽の新調の着物を濡らす訳には行かない。雨宿りをしようと周囲を見渡すと、社の鳥居が目に入った。幼い頃、よく遊んでいた御所八幡社だった。

萌え始めたばかりの夏草に縁どられた石畳の上を、下駄の音を響かせて走り抜けた。雷鳴に怯えたのか、子供たちの姿もなくなっていた。

社の正面の庇(ひさし)の下に入った途端、再び稲光がして、雷鳴が轟いた。

身を縮めて目を閉じた時、ドサァッと音がして、激しい雨がバタバタと檜皮葺(ひわだぶ)きの屋根を打ち始めた。

青々としていた周囲の木々の葉も、銀泥で塗りつぶした絵のようだ。

雨音に加えて、時折雷鳴が耳を打つ。真っ白に光る稲光が眩(まばゆ)くて、とても目を開けていられなかった。

貴和は賽銭(さいせん)箱の横にしゃがみ込んだ。包みに顔を押し付け、ひたすら雷が通り過ぎるのを待った。

雷鳴が響く度に、心の臓が手でギュッと握られたようになり、身体が縮み上がった。

貴和は包みを両膝の上に乗せ、しっかりと両手で耳を塞いだ。

小半時ほどそうしていただろうか。雷鳴がしだいに遠くへ去って行くのが分かった。

雨音も穏やかになっていた。

貴和はゆっくりと顔を上げた。枝葉の緑が色を取り戻していた。鳥居までまっすぐ続く石畳が、磨き上げた廊下のような艶を放っている。

雨は小雨に変わっていた。その中を、蛇の目傘を差した人影が貴和のいる方へ向かって来るのが見えた。悠然とした下駄の音が、少しずつ大きくなった。

女のようだ。前屈みになっているので顔は傘に隠れている。片手で傘の柄を持ち、空いた方の手で、着物の裾を絡げていた。白い足の脛の辺りまでむき出しになっている。素足に履いた下駄の鼻緒の紅色が艶めいて見えた。

女は「甕のぞき」という薄い藍色の着物を着ている。小脇にもう一本の傘を挟み、境内を突っ切ってやって来ると、本殿の正面で立ち止まった。つまんでいた裾を離し、顔を上げ、蛇の目傘をたたむ。

すっと背を伸ばしたのを横目で見ると、黒々とした髪を娘島田に結った、二十歳前後の女であった。ほっそりとした身体つき、背は貴和よりも高い。どこか凛としたその様子は、高貴な鶴を思わせる。

着物は涼し気な絽であった。水辺を思わせる八つ橋の柄が入っていて、裾と両袖には濃い青色の燕子花が描かれていた。帯は明るい紫色の地に、白い流水柄だ。

貴和は賽銭箱からやや離れた場所にいた。女はすぐに貴和に目を向け、しばらくの間、怪訝な顔で見つめている。細面の整った顔立ちだ。

ふいに女の紅を塗った唇が笑った。

「あんた、もしかして貴和ちゃんやないん？」

いきなり名前を呼ばれて、貴和はすっかり面食らってしまった。何も言えずに、ただ女の顔を見ているしかない。

「せや。貴和ちゃんや。大きゅうなったなあ」

女は親し気に貴和の方へやって来た。

「うちのこと、覚えてへんの？　ここでお手玉を教えてあげたやろ」

あっ、と思わず声が出た。

「雪乃ちゃん？」

女は薬種問屋「白香堂」の娘、雪乃であった。

「別嬪(べっぴん)にならはったなあ」

雪乃は貴和の頬を撫でる。

「少うしお多福やけど、可愛いわあ」

その遠慮のない物言いは、まさにあの雪乃だ。

「どうして、ここに？」

なぜこんな日に、この社の境内で出会ったのか分からない。戸惑っている貴和に、雪乃はかぶりを振ってこう答えた。

「あんたのために来たんやない」

それから、今度は貴和がいた場所とは別の方へ顔を向けた。

「燕児、そこにいてるんやろ」

雪乃が声をかけると、賽銭箱を挟んだ反対側の角から人影が現れた。この社で雨宿りをしていた者がもう一人いたことを、貴和はこの時初めて知った。

「燕児、さん?」

貴和は、幼い頃、この境内で燕児に助けられた時のことを思い出した。考えてみれば、鳥居の下から出ようとしていた貴和を、境内に引き戻した時の燕児の力は、到底、四歳の子供のものではなかった。

それに、燕児の母親から何があったのか尋ねられた時、美津は明らかに困惑し、どう答えて良いのか分からないようだった。

――怖いもんが貴和ちゃんを攫いに来たんや――

燕児の言葉に、美津は咄嗟に「人攫い」の話を思いついたのかも知れない。

その「人攫い」の話は、安蔵とお常の前では「物取り」に変わった。そうとでも言わなければ、周囲を納得させられなかったのだろう。

ただ「人攫い」はあながち間違ってはいない。あの黒笠の法師は、確かに貴和を捜していたのだろうから……。

（それにしても、燕児さんは、初めて会うた時から、うちの名前を呼んではった）

幼い頃は、当たり前に思っていたが、今となっては不思議な気がする。雪乃にでも聞いていたのだろうか。そんなことを思いながら、貴和は十一年ぶりに会う燕児をしげしげと見た。

当然のことながら、燕児の背は伸び、今では、貴和どころか雪乃よりも高くなっていた。髷を結い、袴を身につけている。

くりんとしていた目は、やや眦が上がり、聡明さと意志の強さが感じられた。頬から丸みはなくなり、細面に鼻筋の通った端整な容貌だった。大人に見えるが、ふくよかな唇に幼さが残っている。

痩せた身体つきのせいか、どこか繊細な感じがした。

貴和は声をかけようと思ったが、なんと言ったら良いのか分からない。

「こんにちは」なのか「久しぶりやねえ」なのか……。

戸惑っていると、燕児は口元をほんのわずか綻ばせた。それから、すぐに視線を上げて空を指差したのだ。

「ほんとや。じきに雨があがる」

雪乃は空を見る。

「せやさかい、傘を置いて行ったんやな。うちは、てっきりあんたが忘れたんやて思うて、わざわざ届けに来たのに……」

雪乃はふうっと肩を落とした。

「せやった。あんたが雨に濡れる筈はなかったわ。家を出る時は、まだ降ってへんかった。降り出す前に、雨宿りしたんやな」

雪乃の言葉から、燕児は早々と八幡様の軒下で雨を避けていたのが分かった。

「雪乃ちゃん、燕児さんがここにいてるて、なんで分かったん？」

燕児が他の道を通っていたなら会えなかった筈だと、貴和は疑問に思う。

「八幡社は燕児のお気に入りの場所や。四条堀川の家に戻るのにも、必ずここの境内を通るんや」

燕児は、雪乃の家に来た時は必ず八幡社で遊んでいた。たまにしか姿を見ることはなかったが、境内で子供等の中で走り回る燕児の姿に、貴和の心は躍ったものだ。

「せやけど、傘を届けたおかげで貴和ちゃんに会えたわ」

雪乃は嬉しそうに言ってから、改めて貴和に視線を向けてきた。

「あんた、今はどないしてんの？」

「『桃月』で、女将さんの小間使いをしてる。お使いで仕立屋さんへ寄った帰りなんや」

「ふーん」と、雪乃は値踏みするような目で貴和を眺めた。幼い頃は家の格など気にもしなかったが、今となっては、しがない町絵師の娘と大店の嬢はんだ。嫌でも差を感じない訳には行かない。

着物はお陽の若い頃のお下がりを貰っていたが、髪に飾るものは、せいぜい櫛ぐらいだ。

雪乃は再び視線を燕児に向けた。

「ほな、渡しとくわ。お梅は怖がって、布団部屋に隠れて出て来いひん。うちがわざわざ持って来てあげたんや」

恩着せがましい言い方で、雪乃は燕児に傘を手渡した。

「雪乃ちゃん。雷、怖ないん？」

貴和は驚いた。それは恐ろしいほどの稲光と雷鳴であったのだ。一夏にそうあるものではないほど、雨は相当激しい降りだった。

「あんた、うちの噂、聞いてはらへん？」

呆れたように雪乃は笑った。

「『白香堂』の娘は雷も避けて通るぐらい気が強い、て……。町内では『鳴神小町（なるかみこまち）』で通ってるわ」

雪乃は雨の上がった境内を、燕児と一緒に帰って行った。濡れた石畳の上で、下駄が滑るのか、歩きにくそうに燕児の腕に縋っている。

午後の日差しが雨上がりの境内に差し込んでいた。木々の葉が玻璃（はり）の輝きを放ち、まるで、今の雪乃を思わせるほど煌（きら）めいていた。

子供の頃は姉と弟のようだった二人の姿が、なぜか今では全く違ったものに見える。

（もう、あの頃とは違うんや）

雪乃も燕児も、随分遠い所にいるような気がした。

その話をお陽の口から聞かされたのは、二人と再会してから二日後のことだった。

貴和は鏡の前で化粧をするお陽の髪を、櫛で丁寧に整えていた。

この日は朝から雨が降っていた。簾越しに、庭の青草の湿った匂いが漂って来る。

少し蒸し暑い。浴衣の袖で額の汗を拭った時、鬢付け油で艶々しているお陽の髪に、
ふと目が留まった。片方の鬢に数本の白髪が混じっているのを見つけたのだ。お陽は一見、三十代の半ばに見えるが、すでに四十歳になっていた。

貴和はお陽に雇われてからの三年間を思った。当時、お陽には白髪は一本もなかった。

時が経つ、とは、こういうことなのだろう。

母親の美津とお陽の年齢は一、二歳しか違わない。きっと美津にも同じように白髪ができている筈だった。

「……貴和ちゃん」

突然、お陽に呼ばれ、貴和は思わず櫛を落としそうになった。

「どないしたんや。ぼうっとして……」

鏡に映るお陽の顔が、怪訝そうだった。

「すんまへん。つい考え事を……」

謝ろうとすると、お陽はかぶりを振った。

「かまへん。それより、今の話、どないする？」

何のことか分からなかった。どうやら聞きそびれてしまったらしい。

お陽は改まったように、貴和の前に向き直る。

「ここにお座りやす」

貴和はお陽の前に畏まって座った。

「白香堂の嬢はんが、あんたを自分の小間使いにしたい、て、うちに言うてきはったんや」

「雪乃……、さんが？」

うっかり「ちゃん」と言おうとして、貴和は慌てて言葉を飲み込んだ。

「せや。なんや、あんたを前から知ってはるようやけど」

「子供の頃、何度か遊んで貰うたことがおます」

「せやったら、嬢はんのことはよう知ってはんのやな」

納得した、と言うようにお陽はほっと肩で息をついた。

「何しろ、気性が激しい上に我が儘な娘さんで、小間使いがなかなか居つかへんそうや」

「鳴神小町……」

つい呟いてしまった。お陽は苦笑する。

「その鳴神娘はんが、あんたを譲ってくれ、言うて、使いを寄越さはったんや」

そう言うと、お陽は貴和の顔を覗き込んだ。

「うちは、このままいてくれてもええて思うてるんや。あんたのお母はんにも頼まれてるさかいな。せやけど、白香堂さんと言えば大店や。そこの嬢はんの小間使いやったら、嫁に行くにしても恰好がつくやろ。それに、あんたのお父はんは……」

言いかけて、お陽は言葉を止め、ちらりと貴和の顔を見た。

「知ってはるやろうけど、あんたがうちで働くようになってからの夕斎はんときたら……」

お陽の言いたいことは貴和にもよく分かっていた。夕斎は桃月の厨房に現れては、酒をせびるのだ。桃月では伏見から良い酒を仕入れている。夕斎は、「金は貴和の給金から差し引いてくれ」と言っては、一合、二合と持って行くのだ。

しかし、酒代を給金から引けば、たちまち貴和親子の暮らしが立ち行かなくなる。内情を知っているだけに、佐久兵衛夫婦は貴和の給金から酒代が取れないのだ。

「あんたのお父はんも、娘にばかり仕事をさせんと、ちゃんと働いたらええのになあ」

夕斎は貴和が桃月に行くようになってから、ほとんど仕事をしなくなっていた。扇面描きだけは細々と続けていたが、やはり美津が家を出て行ったことが、相当堪えているようであった。

「美津さんも美津さんや。理由も言わんと、ただ離縁するて文だけを残して出て行くやなんて。あの人も桃月に来たばかりの頃は、二歳のあんたを抱えて苦労してはった。見かねた先代が、夕斎はんとの縁談をまとめてあげはったていうのに……」

「女将さんっ」

貴和は思わず声を上げていた。

「今の話、どういうことどすか？」

貴和の剣幕に、お陽は顔色を変えた。

「あんた、夕斎はんからなんも聞いてはらへんのかいな」

「なんのことどす？　お母はんはお父はんと一緒になる前に、うちを産んでたんどすか？　それやったら、うちは……、うちのほんまのお父はんは……」

　えっと貴和は首を捻った。

「うちは、お父はんの娘やないんどすか？」

　お陽は、ばつが悪そうだった。つい愚痴と共に本音が出てしまったようだ。

「あんたら親子のことや。うちがとやこう言うことやない、そない思うてたんやけどな」

　貴和の様子から、真実を話さなければならないと覚悟を決めたのか、お陽はやっと重い口を開いた。

「美津さんは、洛北の杣人の村の出自やそうや。夫が山で亡うなって、それで仕事を求めて京へ出て来たんやて」

　寛政二年（一七九〇年）のことだった。美津は二歳の貴和を抱えて、桃月にやって来た。

「その二年前の大火で、桃月もすっかり焼けてしもうてなあ。やっと新しい店が出来たばかりの頃どした。人手に困ってた時やったさかい、子連れでも仕方ないやろ、てことになって、住み込みの女中に雇うたんどすわ」

それなら子供の世話をしながらでも働けるだろうとの、先代、藤兵衛の気遣いだった。

「その美津さんを、夕斎はんが見染めてなあ。子連れでもかまわんさかい、嫁に欲しいて、お義父はんに頼み込まはったんや」

藤兵衛は夕斎の顧客であった。度々絵の注文も受けていた。桃月に出入りする内に、器量良しで働き者の美津に心を惹かれた。夕斎は狩野派で絵の腕を磨き、町絵師として独り立ちしたばかりであった。

「幼子を女手一つで育てて行くのは大変や。夕斎はんも、真剣に美津さんのことを想うてはる。夕斎はんのことが好きになれん、ていうなら仕方ない。せやけど、嫌やないんやったら、二人で暮らして行くことを考えてもええんやないか、て、お義父はんも美津さんを説得しはってなあ。何よりも、貴和ちゃんにはお父はんがいてるのに越したことはあらへんさかい……」

「うちのために、お母はんは承知したんどすか？」

「そんなことはおへん。仲睦まじい夫婦やったんで、お義父はんも安心してはったさかい」

貴和はほっとしていた。貴和にも、両親は互いに慈しみあっているように見えていたからだ。

「それにしても、血の繋がりのない子を亭主に押し付けて、勝手に離縁状を置いて出て行ったんや。男と逃げたて誰かて思うやろ。幾ら夕斎はんが稼げへんから、いうて、あんまりやおへんか？」

　そこまで口にしてから、お陽は話している相手がその「血の繋がりのない子」であることを思い出したようだ。

「堪忍え。貴和ちゃんを責めてんのやない。美津さんが何を考えてはんか分からんのが、うちかてもどかしいんや。悩みごとがあるんやったら、相談してくれたかてええのに。ほんまに水臭い……」

　お陽にも、美津への不満がよほど溜まっていたようだ。貴和は改めて母の胸の内が分かったような気がした。

　明らかに美津は何かから逃げているのだ。それは、あの黒笠の法師だ。法師は貴和を捜している。美津は自分が側にいれば、いずれ貴和が見つかってしまうと思い、姿を消すしかなくなったのだ。

（お母はん、いったい何があったんや。あの法師は何者なんや）

貴和は心で何度も問いかけていた。誰にも頼ることができなかった母を思うと、胸がひどく痛んだ。

「せやけど一番悪いのは、夕斎はんから仕事を奪うた『須弥屋』はんや」

「須弥屋」は、京で一番の両替商だった。主人の幸右衛門は書画骨董に詳しく、ことに画壇には顔が利くのだとお陽は語った。

「気に入った絵師を、取引してはる大名やお公家さんに紹介しはるんどす。須弥屋幸右衛門に認められることは、京の絵師にとっては悲願みたいなもんなんや」

結局、どれほど良い絵を描いても、売れなければ絵師の暮らしは成り立たない。とにかく絵には金が掛かった。少しでも良質の絵具、墨、画紙や絵絹、筆にまでこだわれば、大金が必要になる。

しかし、それらを用立ててしてくれる金持ちの贔屓客がいれば、金勘定をしなくても存分に絵が描けるのだ。

夕斎にもそんな客が何人か付けば、もっと楽に画業に取り組める。

「もしかして、その人がお父はんの絵を貶さはったんどすか？」

貴和は美津が家を出たばかりの頃、お常がそう言ったのを思い出していた。

「そうや」と、お陽は頷いた。

「狩野派の絵は古臭い。今は呉春や応挙の一派の絵が流行りや。幾ら上手うても、ただ綺麗なだけの絵ではつまらん」

須弥屋の宴席に呼ばれ、席画を求められた夕斎の描いた絵を見て、幸右衛門はそう言い放ったのだと言う。

「北川夕斎の名前も、そこそこ出始めた時やった。画壇で名を上げるええ機会やて思うて期待してはったんやろなあ」

それは悔しゅうおしたやろなあ、と、お陽は憐れむようにため息をついた。

「以来、細々と扇面描きやら、挿絵の仕事しかしはらへんようになって……」

それでも、そんな夫を美津は温かく見守っていたのだとお陽は言った。

――あの人は、今にきっと須弥屋さんを唸らせるような、ええ絵を描きます。今はそのための力を溜めてはるだけや。うちはそう信じてますさかい――

「その美津さんの方から離縁を望むやなんて、うちはやっぱり、今でも納得が行かしまへんのや」

（お母はんは、お父はんの絵が好きやった）

貴和は胸の内に呟いていた。

――お父はんの絵を見てるとなあ。なんや、心の奥が温（ぬく）うなってくるんや――

美津はよく貴和にそう話していた。

「夕斎はんがほんまのことを話してへんのやったら、今の話は忘れておくれやす」

貴和が夕斎の子ではなかった、という事実だ。

「うち、なんや自分のこととは思えしまへん」

夕斎の方は、実の父親のように貴和に接して来たのだろう。

美津が出て行ったからといって、貴和を追い出す訳でも、八つ当たりをする訳でもなかった。貴和は成長するにつけ、父親の心情も分かるようになったから、少々のことは大目に見るようにしていた。

ただし、酒の量が増えるのは案じられたので、きつい言葉で止めたこともある。当然、夕斎は娘の言うことを聞かないので、多少の親子喧嘩（げんか）はあった。

「うちの目から見ても、貴和ちゃんと夕斎はんはほんまの親子に見える。夕斎はんが、その話をせんかったんも、実の親子やて思うてはるからやろ。うちが余計なことを言うてしもうた。ほんまに堪忍してな」

お陽に詫(わ)びられて、貴和は慌ててかぶりを振った。

「気にせんといて下さい。いつか分かることやったんやし、女将さんの口から聞けて良かったて思うてます」

それから貴和は改めてお陽に言った。

「白香堂さんのことなんどすけど……」

「せや、そのことや」

お陽はすっかり忘れていたらしい。パンと両手を打って「どないする?」と聞いてくる。

「白香堂さんが、せっかく呼んでくれてはんのや。あんたも嬢はんを知ってんのやったら、うちも安心や。行きたいんやったら、うちに遠慮はいらへんえ」

「そうさせて貰います」

と貴和は答えた。

貴和の脳裏に、八幡社で見た燕児の姿が浮かんだのだ。

(勘のええ子や、て、雪乃ちゃんも言うてはった)

それに、「天狗の申し子」だとか、なんとか……。
いずれにせよ、捜し物の達人だと雪乃が言っていたのを、貴和は思い出したのだ。
(もしかしたら、うちを助けてくれるかも知れん)
母が今、どこで何をしているのか、貴和はどうしても知りたくなった。
(お母はんには、隠し事が多すぎる)
その秘密の何もかもが、貴和自身に関わっているような気がした。

其の二

その日の夕方、家に戻ると夕斎の姿がなかった。夕斎の画室には、反故にされた紙が、くしゃくしゃに丸められて無造作に放り投げてあった。広げてみると、昨日描き上げて、絵屋に持ち込んだ牡丹図だった。濃い紅の牡丹と白牡丹が綺麗に頭を並べている。
夕斎の絵の腕が決して他の絵師に劣っている訳ではないことは、今の貴和には分かっていた。だが、世間はそうではないらしい。

――綺麗に描くだけの絵師やったら、京にはごまんといてはります――

せっかく注文を受けて描いた絵を、そう言って絵屋に突き返されたところを、貴和は見たことがあったのだ。

お陽の話から、「須弥屋」の主人だという人物が、京の画壇に大きく関わっているのが分かった。主人の幸右衛門に認められないと、仕事も入らないようだ。

狩野家の画工でいれば、なんとか暮らして行けたのかも知れない。しかし、独り立ちすると決めた夕斎にとっては、今更、戻れる場所ではなかったのだろう。

貴和は水屋の引き出しを開けた。そこには生活のための金を入れてある。朝はあった筈の銭が、かなり減っている。夕斎は酒場に行ったらしい。

貴和はお陽の話を思い出していた。

幾ら血の繋がりがなくても、貴和の父親はやはり夕斎だった。小さかった頃、母が仕事に行っている間、遊んでくれたこともある。風車も作ってくれたし、貴和の手に筆を持たせて、花や鳥や虫の絵の描き方を教えてもくれた。

世間の皆が、親子ではない、と言っても、貴和の父親は北川夕斎しかありえない。

以前、夕斎の画室の掃除をしていて、母が残した「離縁状」を見つけたことがある。それには、ただ「夕斎との暮らしに疲れたので、別れたい」とのみ書かれていた。貴和のことは何もない。お陽に残した文に、貴和の行く末を頼んであったところを見ると、やはり、夕斎が貴和を手放すと考えていたようだ。

だが、夕斎は貴和を手元に置いた。そのまま実の娘として育ててくれた。確かに、お常夫婦に任せっぱなしにしていた節もある。夕斎も複雑な思いを胸の内に抱えていたことは、今の貴和には理解できた。

貴和の顔を見ることは、夕斎にとってとても辛いことだったに違いない。かといって、貴和を他所(よそ)へやってしまえば、美津との縁は切れてしまう。その葛藤の中で、夕斎は苦しみ続けて来たのだろう。

(お父はん、お母はんはうちがきっと連れ戻すさかい、もう少しだけ待ってて)

母は決して父を嫌っているのではない。そのことを声に出して言えないことが、貴和にはもどかしかった。

(あの黒笠の法師の正体が分かりさえすれば……)

きっと何か手掛かりが摑める筈なのだ。

その時、いきなりガラリと勝手口の戸が開いた。

「いるかい、貴和ちゃん」

一瞬、飛び上がりそうになったが、見ると、裏隣の住人、修験同行の浄雲であった。

修験同行というのは、「里修験」とも呼ばれる山伏のことだ。村や里に居ついて、加持祈禱や卜占などを行っている。三年前に安蔵が他界し、お常は娘夫婦の許へ引っ越して行った。以来空き家になっていた裏隣に、半年ほど前から住んでいる男だ。病に罹っても、高い薬を買えなかったり医者に掛かれない者たちの治療を生業にしていたが、腕が良いとの評判で、金持ちの商家から呼ばれることもあった。

貧しい人から一切金を取らないかわりに、金のある所からは法外な礼金を取る。ことに「狐落とし」の祈禱が効くとの評判で、結構繁盛しているらしかった。

「『仰木屋』から鮎が届いた。初物だから持って来た。笹焼きにしてくれぬか」

浄雲は平たい竹笊を抱えていた。笊には熊笹が敷かれ、七尾の鮎が載っている。

「仰木屋」は、四条通りを東へ行った鴨川沿いにある川魚料理の店だった。確か、その御新造に狐が憑き、浄雲が見事にこれを調伏したとの噂を貴和も耳にしていた。

肩に掛かる総髪を無造作に荒縄でしばっている。背は高く、がっしりとした身体つき。切れ長の目は刃を思わせて鋭いが、どこか温かみのある眼差しをしていた。年の頃は三十二、三歳ぐらい。貴和にとっては、年の離れた兄のような存在だ。

浄雲が越して来たばかりの頃は、少し怖くて、裏庭にもできるだけ出ないようにしていた。ところが、ある冬の晩、夕斎が酒に酔って暴れ、貴和は裸足で裏庭に逃げ出したことがあった。降り続く雪の中、凍えそうになっていた貴和に浄雲が声をかけてきた。

――そんな所にいては、風邪を引く。中へ入りなさい――

その時は、怪しい修験者よりも酒に酔った夕斎の方が怖ろしく、貴和は迷わず浄雲の家に飛び込んでいた。

浄雲は貴和のために甘酒を温めてくれた。主が替わったとはいえ、かつては安蔵とお常のいた懐かしい家だ。それも手伝ってか、貴和はすぐに浄雲に打ち解けた。

以来、時折、家事を手伝ったり、食事の世話をするようになった。普段は着流しの浄雲が、祈禱の時には、いかにもそれらしい行者姿に変わる様子も知っていた。

貴和はすぐに七輪を取り出すと、裏庭に持ち出して火を熾(おこ)し始めた。

金網を置き、塩を振って笹に包んだ鮎を載せる。火は弱火に落とし、じっくりと蒸し焼きにするのだ。

「夕斎殿はひどく荒れていたようだが、今は留守か」

背中合わせの町屋だ。大抵の物音は耳に入る。

「いつものことや。どこかで飲んでるんやろ」

貴和は平然と言ってから、勢いよく団扇(うちわ)で七輪を煽(あお)いだ。途端に灰が散り、思わず咽(むせ)る。

それから、菜箸で笹ごと鮎をひっくり返した。

「もうええな」

貴和は鮎を皿に取った。指先でそっと笹の葉をめくる。たちまち立ち昇る白い湯気が、ふと懐かしい温もりを連れて来る。

美津がそうやって魚を焼いていたのを思い出したのだ。

桃月の厨の手伝いもしていた美津は、いろいろな料理をそこで学んでいた。

母には母なりの夢があったのだ。

――いつか、小料理屋でも開こうか――

貴和はその晩、浄雲と一緒に食事をした。皿を三つ用意し、二尾の鮎を父のために残した。

浄雲の皿に三匹。自分には二匹。急いで胡瓜の酢の物も作った。胡瓜は黄色く熟れていた。桃月の厨房には、毎朝、朝採りの野菜が近郊の村から届けられる。熟しすぎた胡瓜は種が大きくなり、取るのが手間だからと、料理人がくれたのだ。

膳を二つ用意していると、浄雲がさりげなく、三尾の鮎の皿を貴和の膳に置いた。

「子供はしっかり食べろ。育ち盛りなのだから」

「うち、子供やない」

貴和は少し怒ってみせる。

「もう十七歳や。お嫁にかて行ける」

「俺に比べれば子供だ」

と、浄雲は真顔で言った。

貴和は浄雲に、明日から白香堂へ行くことを告げた。

薬種問屋「白香堂」は、貴和の家の前の高倉通を上がった所にあった。東西に走る御池通と押小路通(おしこうじどおり)の中ほどにある。貴和の家からは、桃月に通うよりはるかに近い。

「白香堂か……」

食後の茶を啜りながら、浄雲は唸るように言った。

浄雲はほとんど酒を飲まない。それが、貴和が彼に好感を持つ理由の一つだった。お神酒ぐらいは飲むらしいが、酒に酔った状態が嫌なのだという。なんでも、酒に囚われると正しい考え方ができなくなるらしい。貴和も夕斎を見て育っているので、納得するものがあった。

「浄雲様は、白香堂を知ってはるの？」

「主人が医者だと聞いている。俺にとっては商売敵というか……」

なんだか煮え切らない態度だ。

「浄雲様も、お祓いで病を治す、お医者様のようなもんやろ」

「祓って治せる病と治せない病がある。同じように医者が薬や針治療をしても、治せる病と治せない病がある」

要するに、医者と里修験は持ちつ持たれつなのだ、と、浄雲は言った。

医者に治せない場合は祈禱で治し、祈禱で治せない時は、薬で治すのだという。

「白香堂の主人、確か、名前は慈庵といったか……。あの者は俺たちのやっていることを認めようとはしないのだ」

「お金があらへんもんは、お医者様に掛かるどころか、薬も買えへんさかいな」

そのため、人々は普段の健康に気をつける。滋養強壮や疲労回復の置き薬などを常備しておくのだ。丸薬などを作って各地で売っている藩もある。

しかし、それすら買えない者は、浄雲のような里修験に頼ることになる。貧しい者から金品を取らない彼のような修験同行は、実にありがたい存在であったのだ。

「狐が憑く、てどういうことなんやろ」

貴和は浄雲に尋ねていた。

すると、浄雲は貴和に紙と筆を用意するように言った。

貴和が夕斎の画室から、紙や筆、墨などを取って来ると、浄雲は紙に何やら文字を書いたのだ。

そこには「生気」と「幽気」の二つの言葉が並んでいた。

「『しょうき』と『ゆうき』と読むのだ」と言ってから、浄雲はこう言葉を続けた。

「魂は心に宿り、命は身体に宿る。心は身体の内にあるものだ。つまり、魂は命によって守られているのだ。分かるか？」

「なんとのう、分かる気がする」

「人の命は、『生気』と『幽気』のこの二つで支えられているのだ。『生気』が強いと、人は病知らずで元気に過ごせるが、弱いと『幽気』が力を持ち始める。そうして、すべてが『幽気』に支配された時、人は死を迎える」

「生気が強ければ、長う生きられるん？」

「まあ、そういうことだ。病を治すということは、弱った『生気』を元に戻すことだ。医者は薬や医術を使う。針とか灸といったところだろうが、流行りの紅毛流などは、身体を切って、悪い所を取り出すこともあるらしい」

「なんや、怖いな」

貴和は手術よりも、まだ針を刺される方が良いと思う。

「人が命を失えば、魂は剝き出しになる。魂には魂の行くべき場所があるが、執着の念が強すぎて、この世に留まる魂も多いのだ。そのような魂は、生気の弱っている者の心に入り込む。強い邪念が魂に取り憑けば、命の幽気が力を増して、生気をたちまち弱めてしまう。俺のやっている祈禱は、魂に取り憑いた邪念を追い払うためのものだ」

「どうやって追い払うん？」

「自ら生きたい、治りたい、という強い意志を持たせるのだ。それが俺のやっている『狐落とし』だ」


夜が更けた頃、突然、ガタガタと家の扉が鳴った。一応、閂(かんぬき)を掛けてあるので、貴和は寝床から出ると玄関口に向かった。

「わしや。貴和、ここを早う開けるんや」

夕斎だった。酔っている割には、はっきりとした口調だった。いつもはほとんど呂律(ろれつ)が回っていない。

貴和は閂を外すと、扉を開けた。

家に飛び込んで来た夕斎からは、強い酒の匂いがした。

「ええか、わしの画室に近づくんやないで」

身勝手な言葉を貴和に投げつけて、夕斎は奥の画室に閉じ籠ってしまった。

其の三

翌朝、貴和は明六つ（六時～七時）に起きると身支度を済ませ、朝餉の支度をした。ご飯が炊ける頃、豆腐売りが来た。裏庭に植えてある葱を切って来て、豆腐と葱の味噌汁を作る。葱は根っこの部分を二寸ほど残しておくと、後から後から育ってくれる、手頃で便利な野菜だった。

食事の支度ができると、足音を忍ばせて夕斎のいる画室に向かった。閉め切られた襖に、耳を当ててみる。寝ているのか、起きているのか分からない。確かめたかったが、「画室に近づくな」と言われている限りは、声をかけるのも躊躇われる。

絵を描いている時は、そっとしておくのが習慣だったのだ。

厨に戻って握り飯を作った。膳を用意しておけば、適当に食べるだろう。働き口が替わったことを言いそびれてしまったが、少なくとも、今の様子では、桃月に酒をせびりに行くことはないだろう。

絵を描くことに没頭しているなら、それはそれで安心できた。

朝五つ（八時～九時）頃には白香堂に着いた。薬種問屋「白香堂」は高倉通の東側の並びにあった。店の門口から北へ向かって出格子が整然と並んでいる。その格子の向こうでは、店を開ける準備に余念のない使用人たちの影が行き来していた。

どっしりとした店の構えだった。そこはかとなく、独特な匂いが店から漂って来る。

その店の入り口に一人の若者が立っていた。

「燕児さん」と貴和は駆け寄った。

店に入ろうとしていた燕児は、その足を止め、貴和を振り返った。

「おはようさんどす。三日前に八幡社で会うた貴和どす」

子供の頃にも会っている。そのことを覚えているか尋ねようとした時、箒を手にした若い女が店から出て来て、「燕児さん、おはようさんどす」と言った。

女はすぐに貴和に目を向ける。

「どちらさんどす？　お薬やったら、もうじき店が開きますよって……」

「うちは客と違います」

貴和は慌てて早口になる。

「今日からお世話になります。貴和どす」

頭を下げると、女はすぐに「ああ、嬢はんの……」と頷いた。

「新しゅう小間使いにならはる人どすな。うちはお梅どす。中へ入っておくれやす」

小太りで丸顔の娘だった。愛嬌のある顔立ちで、にこりと笑うと片頬にえくぼができた。年齢は貴和とあまり変わらないようだった。

「女中頭のお絹さんが、待ってますよって」

お梅に促されて、貴和は燕児より先に暖簾を潜ることになってしまった。

背後をちらりと振り返ったが、燕児は貴和に小さく会釈しただけで何も言わない。

「あ、燕児さんや。おはようさんどす」

燕児に気づいた店の者たちが、次々に彼に声をかけている。店庭の左手に床張りの店が二間ほど続いているのが見渡せた。引き出しを無数につけた棚がすぐに目についた。人形の箪笥が並んでいるようだ。

薬種が収められているのだろう。引き出しにはそれぞれ文字が書き込まれている。

燕児は履物を脱ぐと店に上がった。

一方、貴和はお梅の後から、さらに中戸を潜って玄関庭に入って行った。左手に玄関があり、簾越しに庭が望めた。

「お梅、誰や？」

前垂れに襷姿の年配の女が現れた。

「お絹さん、嬢はんの小間使いに来はった……」

と言いかけて、お梅は貴和を見た。貴和は急いで挨拶をする。

「貴和どす。よろしゅうお願いします」

「あんさんが、貴和さんどすか」

お絹は安堵したように肩を落とした。

「桃月さんから、昨日の内に知らせが来てます。嬢はんの我が儘を聞いてくれて、ほんまに助かりましたわ」

「うちの嬢はんはなかなか難しいお人やさかい、側にいるもんは難儀しますねん」

お梅が口を挟んだ。

「あんたは気が利かんさかい勤まらへんのどす。早う貴和さんを案内してあげなはれ」

「へえ」とお梅は首を竦めた。どうやら、貴和の前には、このお梅が雪乃の小間使いだったらしい。

「こっちや」とお梅は貴和の袖を引っ張った。玄関庭からさらに奥へ行くと台所庭がある。そこから左手に、台所が二部屋続いているのが見えた。

お梅はすぐ手前の台所から上に上がった。

「ここか、奥の上がり框（がまち）を使うてな。玄関を使うのは、この家の人かお客はんだけやし」

台所を抜けると廊下が現れた。座敷が二部屋並んでいる。「中座敷」と「奥座敷」だとお梅が教えてくれた。どちらも客間として使用するのだと言う。中座敷の左側に廊下が続いていた。左手には、先ほど玄関越しに見えた中庭が、こんもりと小さな緑の塊を作っている。

その中庭を取り囲むように部屋があった。左手にあるのが、先ほどの玄関のようだ。間取りからして正面の部屋は奥の店のようだ。出入り口が小さく、ほとんどが壁になっている。

きっと棚でも並んでいるのだろう。貴和は、あの沢山の引き出しのついた薬簞笥を思い浮かべた。

庭の外れで廊下は十字路になっていた。左側にあるのが、主人である慈庵の居室なのだと言う。その向こうの部屋は、慈庵が患者を診るための部屋なのだ、と、お梅はどこか自慢そうに小鼻を膨らませた。

「優しいお医者様なんえ。うちのお祖父はんが風邪を引いた時には、わざわざ家にまで来てくれはってなあ。お薬のお金も取らはらへんかった」

その後も、お梅は、「そっちが仏間で、その隣の二部屋が、嬢はんの使うてはるお部屋や」と、まるで自分の家のように案内してくれる。やがてお梅は、片腕を伸ばすようにして、廊下の右手に続く部屋を示した。

雪乃の部屋だという座敷を越えて、さらに廊下は奥へと続いている。よく磨き込まれて、鼈甲のような艶を放つ廊下であった。ここまで案内されただけでも、白香堂がいかに大きいかがよく分かる。重々しい屋根の下の廊下で繋がれた幾つもの部屋。家全体に漂う、これまで嗅いだこともない不思議な匂い。

迷路に放り込まれたようで、なんだか頭がくらくらしていた。だが、雪乃の部屋から向こうには、明るく澄んだ風が吹いているような開放感があった。

明るく感じたのも当然であった。そこには屋根のついた渡り廊下があり、離れへと続いていた。渡り廊下の右側は広々とした座敷庭になっている。

座敷庭の正面には、寒竹が生垣のように植えられていた。左側には土蔵が二つもある。一つは薬種を入れておく「薬蔵」なのだと、お梅が教えてくれた。

渡り廊下の左側にも、小さな庭があった。雪乃の部屋と離れはこの庭を挟んで向き合うような形だ。それぞれに廊下があり、庭に降りられるよう、横長の石が置いてある。

小さい、とは言っても、普通の家の坪庭の四倍くらいはあった。玄関から簾越しに見えた中庭と同じくらいだろうか。

「離れの奥は書庫になっていて、難しい本が仰山置いてあるんや。燕児さんは、ようそこで本を読んではる」

「燕児さんは、今、離れにいてはるんどすか？」

貴和は燕児と話したいと思っていた。何しろ、まだちゃんと挨拶もしていないのだ。

「店に上がらはったから、薬種を調べてはるんやと思う。せやけど……」

お梅は急に声を潜めるようにしてこう言った。

「燕児さんは、何も言わはらへんえ。あの人、しゃべられへんのやさかい……」

一瞬、貴和にはお梅の言葉の意味が分からなかった。

貴和が困惑しているのが分かったのか、お梅は少し声の調子を強めるようにして、さらにこう続けた。

「なんでか知らんけど、燕児さんは口が利けへんのや。せやさかい、慈庵先生も嬢はんも、燕児さんとは紙に字を書いて話をしてはる。あんたも話がしたかったら、帳面と矢立てを用意しといた方がええ」

確かに貴和は、再会してからまだ一度も燕児の声を聞いてはいない。だが、幼い頃の燕児は、普通にしゃべっていた。わざわざ貴和に、「お母はんとは必ず会える」と告げに来てくれたぐらいだ。

「嬢はん、貴和さんてお人が来たはりますえ」

お梅は雪乃の部屋の前で足を止めると、障子に向かって声をかけた。

「お入り」

部屋の中から、雪乃の声が聞こえた。

「ほな、うちは仕事に戻りますさかい」

お梅はそう言うと貴和に耳打ちをした。

「ほんまに、あんたが来てくれて助かったわ。お気張りやす」

どこかせいせいしたように、お梅は足早に去って行った。よほど雪乃の世話係は大変なのだろう、と思った時、あの雷雨の日、八幡社で聞いた雪乃の言葉を思い出した。

――お梅は怖がって、布団部屋に隠れて出て来いひん――

雷雨のさなか、雪乃はお梅に傘を届けさせようとしたのだろうか。それとも、お供に連れ出そうとしたのか……。

（それだけは、うちかて嫌や）

大店の娘が、外出するのに一人で出て行くことはない。小間使いは雪乃の行く所は、どこへでも従わねばならないのだ。

ついそんなことを考えていたら、いきなり障子が開いて、目の前に雪乃の顔が現れた。

寝起きなのだろう。雪乃は不機嫌そうに眉根に皺を寄せている。夜着の襟元が大きく開き、帯もだらりと解けかけていた。

「おはようさんどす。今日からお世話になる貴和どす」

貴和は慌てて頭を下げた。化粧もしない寝起きの顔でも、やっぱり雪乃は綺麗だと思った。

「うちの世話をするのは、あんたの方や。うちが世話をするんやない」

雪乃はにべもなく言い放つと、顔の前で片手をひらりと振った。

「顔を洗いたいんや。井戸から水を汲んで来て」

「へえ、すぐに持ってきます。嬢はん……」と言った時、部屋に引っ込もうとして雪乃の動きが止まった。

「あんたに『とうはん』なんて呼んで欲しゅうない」

振り返った雪乃は、じっと貴和の顔を見つめた。貴和はすっかり戸惑い、茫然と突っ立っているしかない。

「せやったら、どう呼んだら……」

「雪乃ちゃんでええやろ」

あっさりと雪乃は言い放った。

「雪乃ちゃんか」と言いかけて、「『雪姉ちゃん』でもええわ。昔の燕児みたいに」と、言い換える。

貴和はその時、先ほどのお梅の言葉を思い出していた。

「燕児さん、ほんまにしゃべらはらへんの」

貴和は雪乃に尋ねてみた。

「せや。なんでそうなったんか、分からへんのや」

「重い病に罹らはったとか？」

「それやったら、うちのお父はんが何か手立てを考えはるやろ。『縁見屋』は客商売やし、今の燕児では店は継がれへん。せやったら医者にしたらどうや、言うて、お父はんが預かってるんや」

雪乃は言葉を切ると、改まったように貴和を見た。

「その調子でやってや」

貴和にはなんのことか分からない。戸惑いを隠せないでいると、雪乃が小さく笑った。

「子供の頃から親しゅうしていた友達が、みんなお嫁に行ってしもうてな。退屈していたところにあんたが現れた。小間使いとして雇うたけど、あんたは、うちの妹みたいなもんや。あんまり堅苦しゅう考えんと、気楽にやったらええ」

それから、すぐに急かすように言う。

「水や。早う着替えんと、燕児に顔も見せられへん」

その後の小半時の間に、雪乃は慌ただしく身支度を整えた。

貴和は雪乃の髪を撫でつけ、着付けを手伝う。

さすがに、着物も帯も量が多い。選ぶのにも難渋したが、それも貴和には楽しい時間になった。

「朝は、いつも今時分に起きはるの」

姿見に自分を映して念入りに確認している雪乃に、貴和は尋ねていた。桔梗(ききょう)色の地に白いよろけ縞の着物は、ほっそりとした雪乃によく似合っていた。

帯は深い藍色で、蛍なのだろう、笹の葉の間を黄色の点が飛び交っている。

(綺麗やなあ)

貴和は胸の内に呟いていた。

「あれ、見てみ」

その時、雪乃が目線を文机に向けた。

机の上には何冊か本が置かれている。題名をちらりと見たが、難しい漢字ばかりで、貴和には到底読めそうもない。

「どれも薬種の本や。うちもいずれはこの店を継がなあかんさかいな」

それから雪乃は、貴和に厨から朝餉の膳を持って来るように言った。

広い白香堂の屋敷内は、まるで迷路のようだった。やっと辿り着いた台所では、四人ばかりの女子衆が、忙しそうに立ち働いている。

台所の座敷では、使用人等がそれぞれ朝の食事を取っていた。どうやら揃って食べる訳ではないらしい。手の空いた者から膳に着き、終われば「ごっそさん」と声をかけ、各々持ち場に戻って行く。

「貴和ちゃん、こっちや」

その騒然とした様子に戸惑っていると、先ほど貴和を案内してくれたお梅が、目ざとく見つけて貴和を呼んだ。

「嬢はんのお食事や」

すでに用意してあったものか、お梅は貴和に膳を渡した。

「あんた、朝ご飯は?」

お梅は貴和に尋ねて来る。

「家を出る時に済ませて来ました」

貴和は答えた。

「それやったら、ええ。おなかが空いたら、厨を仕切ってはるお千与さんに言うんや。握り飯を作ってくれはるさかい」

お梅は、大鍋をかき混ぜている小柄な白髪の女を指で示した。

「あれが、お千与さんや。料理上手で、皆にご飯を食べさせるのが楽しみやて人や」

「お梅、まだ洗い物が残ってるえ。何してんのや」

お絹の叱責が飛ぶ。

「堪忍、うちのせいで」

謝ろうとする貴和に、お梅は小さく笑ってみせる。

「かまへん。お絹さんよりも、お梅は嬢はんの方が何倍も怖いわ」

それからお梅は、「今やりますよって」と、声を張り上げた。

貴和が膳を抱えて戻って来ると、雪乃は部屋にはいなかった。再び廊下に出て、何気なく離れの方へ目をやると、雪乃が燕児に何か話しかけているのが見えた。

「……せやさかい、あんたは、待ってて……。……じき……戻って来る……」

途切れ途切れに雪乃の言葉が聞こえて来る。話が終わっても、燕児はただ頷いただけで何も話さなかった。やはり、しゃべれないようだ。

（燕児さんに、いったい何があったんやろう）

貴和にいろいろあったように、燕児にも何かしら大変なことがあったに違いない。互いの身の上に起こった様々な出来事を、二人で心置きなく話せる日がくれば良いのに……。

適わぬことだと分かっていながら、なぜか貴和はそれを望まないではいられなかった。

「食べたら、出かけるえ」

出汁（だし）巻き卵を箸先で崩しながら、突然、雪乃が言った。

「どこへ行かはるの」

お供は小間使いの仕事だ。お陽の時も、手荷物を持って後ろからついて回った。宿屋の仲間内や仕出し料理を取ってくれるお得意先への挨拶回りのこともあれば、芝居見物だったりもした。

「後で分かる」

雪乃は素っ気ない口ぶりで答える。

「遠出になるさかい、覚悟してな」

食事を終えた雪乃は、少し脅すように言ってから、部屋の隅に置いてあった風呂敷包みを貴和に持たせた。

「うち、まだ慈庵先生にも挨拶してへん」

働きに来た初日に、店の主人に挨拶をしない訳には行かないと貴和は思ったのだ。

「お父はんは奉行所に呼び出されていて留守なんや。さっき燕児にもそない言うてたところや」

「お奉行所？」

さすがにただごとではなさそうだ。困惑している貴和の胸の内を悟ったのか、雪乃は、すかさず「いつものことや」と言った。

「死体の検分も、お父はんの仕事なんや。よう町方が呼びに来はる」

「慈庵先生は、死人（しびと）も診はるん？」

貴和の言い方がおかしかったのか、雪乃はクスクスと笑った。

「せや。死人も生き人（びと）も診てはるんや」

大店のお嬢さんの行き先なら、せいぜい習い事くらいだと思っていた。実際、家を出る時、雪乃は「お茶のお稽古に行って来るさかい」と言っていたのだ。

家の前の高倉通を北へ上がって二条通に入るまでは、貴和もその言葉を信じていた。ところが、雪乃は二条通をまっすぐ東へ向かい、とうとう鴨川に架かる二条橋を渡ってしまったのだ。

「雪乃ちゃん。どこまで行くん。まだ着かへんの」

対岸の二条川東の辺りは、町屋もあるが寺の方がはるかに多く、東へ進むほどに、田畑が広がるようになる。

すでに一時（二時間）は歩いているような気がした。頭上は梅雨らしい曇り空に覆われ、とても蒸し暑い。二条通は書肆や絵屋が多い。店先を眺めながら行くのはそれなりに楽しかったが、鴨川を越え、町屋の並びを抜ければ、寺々の重々しい門や漆喰の壁ばかりで、何やら寂しい風情になる。

「もうじきや。我慢しい」

雪乃は歩調を緩めることもなく、貴和の前を進んで行く。お陽のお供をしていた時も、これほど歩いた覚えはない。清水さんへお参りに行ったり、花見や紅葉狩りで出かける時は、大抵駕籠を使った。貴和が来たことを妙に喜んでいたお梅の顔が、改めて脳裏に浮かんだ。

（嬢はんの方が怖い、て言うてはったのは、このことやろか）

お嬢様育ちの割には、雪乃は相当歩き慣れているようだった。

寺がなくなると、田畑ばかりが続くようになった。その間を突っ切って田舎道がまっすぐ東へ延びている。

やがて十字路に差し掛かった。雪乃は南北に続く道を示して「鳥居大路や」と言った。

「左へ行くと岡崎村。右へ行くと粟田口村や」

道はそこから緩やかな坂道になっている。一度、藤兵衛に会うために粟田口村へ行ったことはあるが、街道が違っていたので、貴和には全く初めての場所だった。

「この坂を登って行くと、鹿ケ谷村へ通じてる」

貴和はただただ呆れるしかない。いったいどこまで行くのだろう、と思っていると、雪乃がクスリと笑った。

「安心しいや。比叡山まで越えようとは思うてへんさかい」

雪乃が向かった先は、岡崎村であった。

青々とした稲の苗がそよぐ中を、二人は進んで行った。畔道には様々な草花が咲いている。京の町からさほど離れていないというのに、ここは別天地に思えた。

全身に棘を纏った、背の高い草花が目についた。触れてもいないのに、指先が痛くなりそうだった。頭には葱坊主のような花をつけている。桃色をしていて、とても可愛い。

「ひれあざみや」と雪乃が教えてくれた。

「あれは、ねじばな」

雪乃が指差した先には、細くまっすぐな茎の先に、小さな薄桃色の花が、ねじれながら無数についている。

「それから、そっちのは……」

雪乃は蓬に絡みついている、つる草を示した。

「ががいも。花はまだやけど、種は血を止める薬になるんや」

「よう知ってはるんやなあ」

貴和は感心する。

「これでも薬種屋の娘や。本草の勉強ぐらいしてる」

「雪乃ちゃん、普段、こんな所にまで来てはるん？」

「燕児と薬草を探しに来るえ。うちの店は長崎（ながさき）から輸入品を仕入れてるけど、近隣の村から買い付けることもあるんや。自分で探すのも勉強になるさかい、燕児とよう山へ行く」

「もしかして、お梅さんも一緒に？」

「当たり前やろ。うちのお供なんやさかい……」

それがどうした、と言わんばかりの口ぶりだ。

「山には、虫とか蛇とか……、いてるんやろ」

「『山』やさかいな。蝮（まむし）やら、やまかがしやら……」

「危なないん？」

「燕児がいれば、どうってことあらへん」

雪乃はかなり燕児を信頼しているようだ。

「燕児は勘がええんや。あの子の後をついて行ったら、なんも危ないことも怖いこともあらへん」

それから雪乃は不服そうな顔になる。

「お梅はうるそうてかなわん。落ちてる小枝を『蛇や』いうて大騒ぎするし、藪（やぶ）がガサガサ鳴っただけで、『猪が出る』の『熊が出る』のと……」

「熊もいるん？」

それは貴和も怖い。

「あほらし。いてもせいぜい猿か鹿ぐらいや」

「それで、今日も山へ入るん？」

貴和は恐る恐る尋ねた。お梅でなくても、あまり気乗りはしない。

「山歩きやったら、こないな恰好で来たりせえへん」

その時は、男のような小袴に筒袖の着物を着るのだという。

「それに、燕児もいてへんさかい」

その言葉に貴和は安堵した。

間もなく寺が見えて来た。雪乃はその寺の門前で立ち止まった。

由緒のありそうな古びた寺であった。周囲にも幾つか寺があったが、ここだけがぽつりと離れている。

門の横の額には、「永泉寺薬師院」と大きく書かれていた。

其の四

古い瓦葺きの屋根の門は、さほど大きな物ではなかった。左右に漆喰の塀が延びていて、寺の敷地を囲っていた。塀は所々崩れて、肌を晒(さら)している箇所があり、夏草が生えていた。笹の葉擦れの音がするところを見ると、裏に竹林があるらしい。

門を潜ると、すぐ正面に本堂が見えた。

「ここには薬師如来(やくしにょらい)様がいてはるんや」

雪乃は両手を合わせる。貴和も同じように両手を合わせた。

薬師如来は、病気平癒の仏様だった。

「雪乃ちゃん、お医者様の娘やのに、仏さんを信じてはるん？」

「信じてへん」

雪乃は即座に言い切った。

「信じてへんけど……。信じたい時もあるんや」

雪乃の顔がどこか辛そうに見えた。

その時、背後で足音がして、「よう来はったなあ」と言う声が聞こえた。振り返ると、墨染めの衣を着た老尼が立っている。小柄な身体つきで、皺だらけの顔に、さらに笑みの皺を刻んでいる。

雪乃は挨拶をすると、「この寺の庵主様や」と貴和に耳打ちをした。

どうやらここは尼寺のようだ。

「志保さんも喜ばはるやろ」

老尼の言葉に、雪乃は神妙な顔つきで再び頭を下げる。

「いつものことやけど、あんまり長居はせんようになあ。慈庵先生には、嬢はんを会わせんように、て言われてますよって」

老尼が申し訳なさそうに言った。

「心得てます。顔を見るだけやさかい」

雪乃は再び貴和に顔を向けると、「ほな、行こか」と言った。

本堂の左側には庫裏があった。庫裏の縁側から上がって、奥へと向かう。渡り廊下を行くとさらに奥に部屋があった。丹精された庭が見え、その奥に竹林がある。

雪乃は縁側から障子越しに声をかけた。

「雪乃や」

間もなく、人の動く気配がして、囁くような声が返って来た。

「雪乃ちゃん……」

雪乃が障子を開けた。病人らしい若い女が寝床から起き上がろうとしていた。

「志保ちゃん……」

支えようとしたのか、雪乃が中に入ろうとした時、女はすぐにそれを制していた。

「入らんといて。うちは、大丈夫やさかい」

青白い顔をした、痩せた女の顔が目に入った。目ばかりがやたらと大きい。両肩がひどく尖(とが)っていた。

「その子、誰？」

女は不思議そうに貴和を見ている。

「覚えてはらへん？　八幡様のお社で一緒にお手玉遊びをしてた子や」

その途端、女の顔に笑みが揺れた。

「貴和ちゃんや。絵描きさんの娘さんや。覚えてる」

雪乃は貴和を振り返った。

「志保ちゃんや。あんた覚えてへんか」

貴和はやっと思い出していた。母がいなくなり、寂しい思いをしていた時、雪乃と一緒に遊んでくれた娘だった。

「覚えてる。大きな呉服問屋の嬢はんや。せやけど、なんでこないな所にいてはるん？」

「お嫁に行って、子供を産んだんやけど、ちょっと病気をしてなあ。今は療養してるんや。ここは静かやさかいええやろ、て雪乃ちゃんのお父はんが勧めてくれはってな」

雪乃は貴和から風呂敷包みを取ると、部屋の中へ入って行った。

「雪乃ちゃん、うちの側に寄らん方が……」

「うちは元気やさかいかまへん。あんたの病は、身体と心が弱ってる時に罹るんやてお父はんも言うてたさかい……」

それから、雪乃は貴和を振り返った。

「あんたは、そこにいてな。二人だけで話したいし」

雪乃は志保の前で包みを解いた。中からは真新しい浴衣が現れた。浴衣は白い地に桃色と青色の朝顔の柄だ。

「ひと月もしたら、祇園さんのお祭りや。一緒に行こう思うて、うちとお揃いの浴衣を縫ったんや」

「縫ったて……。雪乃ちゃんが？」

志保は驚いたように浴衣に手を伸ばした。

「うちかて、お裁縫ぐらいするえ」

雪乃はわざとらしく怒ってみせる。志保はかすかに笑った。

「ほんまや。この縫い目は雪乃ちゃんや」

「なんで、縫い目で分かるん」

「目がぜんぜん揃ってへんやん」

幼馴染の娘二人は、妙に明るい声で笑い出していた。

志保は浴衣を受け取ると、愛おしそうに掌で撫でた。その指がひどく痩せ細っている。そのせいか異様に長く見えた。

「煎じ薬を持って来たさかい、飲んでな。それから、こっちは……」

雪乃は風呂敷の底から、紙包みを取り出した。志保の前で包みを開いてみせる。黒っぽい小石のような塊が幾つか入っていた。

「琉球の黒砂糖や。滋養がつくさかい食べて」

「いつも、おおきに」

志保は嬉しそうに紙包みを受け取った。

「ほな、また来るわ。ええか、祇園さんまでは治しておくんやで。うちが家まで迎えに行くさかい……」

雪乃の言葉に、「うん」と志保は頷いてから、改まったようにこう言った。

「雪乃ちゃん、ほんまにありがとう。それからなあ、うちの頼みなんやけど……」

「言うてみ。あんたの頼みやったら何でも聞くさかい……」

「もし、うちがあかんかったら、うちの分も幸せになってな」

雪乃の顔が、一瞬強張った。貴和の胸も何かで突かれたような痛みを感じた。

志保のその言葉は雪乃を怒らせたようだ。

「うちの人生はうちのもんや。あんたの人生はあんたのもん。幸せになりたいんやったら、自分でなったらええ。そんなもん、うちに背負わせんといて」

口調はきつかったが、それが雪乃なりの優しさなのだろう。

志保は笑顔になって頷いた。

「堪忍。もう阿呆なことは言わへん。雪乃ちゃんに怒られたらかなわんさかいな」

「その浴衣着て、祇園さんへ行くんや。小町娘が二人、四条通を練り歩いたら、ええ男はんが仰山寄って来はるわ」

と、雪乃はとんでもないことを言って、志保と二人でころころと笑った。

「ほな、またな」

雪乃は念を押すように言うと、志保の部屋を後にした。貴和は志保に挨拶すると、急いで雪乃の後を追った。

雪乃は渡り廊下の所で立ち止まっていた。自分を待っているのだろう、と思ったが、少々様子が違う。

雪乃の肩が小刻みに震えている。

（泣いてはるの？）

思わぬ雪乃の姿に、貴和はその場から一歩も動けなくなっていた。

やがて雪乃はすっと背を伸ばし、何事もなかったかのように貴和を振り返る。

「何してはんの？　帰るえ」

まるで貴和の来るのが遅いとでも言うようだ。

寺の門を出た後、貴和は思い切って志保の病気のことを尋ねてみた。貴和の記憶の中では、元気の良すぎる雪乃に隠れて、志保の印象はどちらかと言えば薄い。

「労咳(ろうがい)や」

雪乃がぽつりと言った。

「十五歳でお嫁に行って、十六歳で子供を産んだ。その後、身体の調子を崩して、医者に掛かったら労咳やて言われたんや。それで、すぐに離縁や。子供とも引き離されて、実家に戻された。労咳はうつる病気や。商売するには外聞が悪い。養生させる言うて、永泉寺に入れられた」

三年前のことやと雪乃は言った。

「志保ちゃんを診たのは、うちのお父はんやった。ここは静かやさかい療養するにはええ。永泉寺は、天明(てんめい)の飢饉(ききん)の折に、お救い小屋ができてた所や。身寄りのない病人の面倒かてみはる。志保ちゃんは若い。ここならきっと良うなるやろ、て、お父はんも言うてたんやけどな」

「せやったら、治るんやろ」

貴和は縋るような思いで雪乃に尋ねた。なんだか胸が苦しかった。

「あの娘、元々、身体があんまり強うなかったんや。生まれた子供は五つになるんやけど、とっくに新しいお母はんに懐いとる。志保ちゃんを見たかて、もうほんまのお母はんとは思わへんやろ。志保ちゃん、うちに会うても、子供のことは一言も口にせえへん。それが余計に可哀そうでたまらんのや」

絞り出すような声で言ってから、雪乃は空を見た。空はどんよりと曇っていて、蓋でも被せられたようだ。

「うちのお母はんも労咳で亡うなった。せやさかい、お父はんは、うちが志保ちゃんに会うのを嫌がってはるんや。貴和ちゃん、ええか」

雪乃は貴和に向かって声音を強めた。

「今日、うちが永泉寺に来たことは、誰にも言うたらあかんえ」

「分かってる。せやけど、お梅さんは知ってはるん？」

雪乃は頷いて、少しだけ明るい顔になった。

「おおきにな。貴和ちゃんを、どうしても志保ちゃんに会わせたかったんや。あの娘、昔からあんたの心配ばっかりしてた。貴和ちゃんが八幡様で寂しそうにしてんのを気にしてはってな。一緒に遊んであげようて言い出して。うちは辛気臭いのはかなわんさかい、放っておこう言うてたんやけど……」

ふいに涙が溢れそうになった。自分の知らないところで案じてくれてる人がいた。そのことが、今更のように胸を締め付けて来る。

その時、雪乃がほうっと大きく息を吐いて「うちも火伏堂に籠ろうかなあ」と言った。

貴和にはその言葉の意味が分からなかった。戸惑っていると、「燕児のことや」と雪乃が言った。

「どういうこと？」

「燕児のお母はん、お輪さんていうんやけど……」

燕児には、福次郎と芙由という弟妹がいる。福次郎は燕児が五歳の時に、その五年後に芙由が生まれた。

「芙由ちゃんを産んだ後、お輪さんが病に罹らはった。出産の後で、身体も弱ってはってな。高い熱が続いて意識ものうなった。うちのお父はんが付きっ切りで診てはったんやけど、もうあかんさかい、家族にも覚悟をした方がええ、て言うた次の日、お輪さんの熱が下がってな。二日後には起きられるようになったんや」

安心した時、燕児の姿がないことに気が付いた。

皆で捜し回り、父親の徳次が火伏堂で倒れている燕児を見つけたのだという。

「寒い冬のさなかやった。火もない所で、三日三晩飲まず食わずで籠っていたらしい」

燕児は、そこで母親の回復を祈り続けていたのだ。

「火伏堂には地蔵菩薩と愛宕権現が祀ってある。愛宕権現は燕児の護持仏やて教えてあったそうや。燕児はお輪さんの無事を愛宕権現に祈っていたんや」

「せやったら、燕児さんが祈ったんで、お母はんは助かったん？」

「お父はんは、治るべくして治ったんや、て、そない言わはるんやけど」

医者が諦めた病人が、再び元気を取り戻すものなのだろうか……。不思議な話ではあったが、雪乃はさらにこんなことを言った。

「その時から燕児はしゃべらんようになった」

燕児が一言も言葉を発しなくなった当初、これも何かの病ではないか、と、縁見屋の夫婦は慈庵に相談した。

――何か大きな病に罹ったとか、よほど恐ろしい目に遭った後やて言うんやったら、それもあり得る話なんやが……――

慈庵も首を捻るしかなかった。

そんな折、火伏堂で燕児が書いたと思われる願文が見つかった。それは、愛宕権現の後ろに隠すようにして置かれてあったという。

「願文には、母を病から救ってくれるんやったら、一生言葉を話さない、て誓いの言葉が書いてあったんや」

母の命を救うために、燕児は幼いながら、何を引き換えにしたら良いのか考えたのだろう。その結果、思いついたのが声を発しないことだったのだろうか。

貴和が知る限り、燕児は子供等の間では人気者であった。八幡社の境内に燕児が現れると、たちまち彼の周りには子供たちが集まって来た。

母のために言葉を捨てた燕児は、子供たちとは遊ばなくなり、しだいに白香堂の書庫に籠ることが多くなったのだ、と雪乃は言った。

「そんな誓いを立てんかて、お母はんの病は治ったのかも知れんやろ？」

貴和の言葉に、雪乃も「うちもそう思う」と頷いた。

「蘭学やら紅毛流の新しい医学が入って来てるこの時代に、願掛けで重い病が治る筈はあらへん。お父はんかて、そない思うてはる」

慈庵は蘭方ではなかったが、それでも漢方医として薬種の力を信じていた。祈りの力などで、人を病から救える筈はない、そう考えているのだろう。

だいたい慈庵は、浄雲のような里修験も認めてはいないのだ。

以来、燕児は一切しゃべらなくなった。本当に祈願のせいで母親が快方に向かったのかどうかは分からない。燕児の思い込みということもある。

「もし、一言でも話して、お輪さんが命を落とすようなことになったら……。母親の命をかけて試すようなことはできひんやろ」

燕児は、母親がこの世を去るまで一切話さないつもりなのだろうか。

「身振り手振りと筆談で、なんとか医者はやれるやろうけど、商売はできひん。縁見屋は弟の福次郎に跡を取らせるつもりで、燕児をお父はんに預けたんや」

昼を過ぎ、白香堂に戻ると燕児はいなかった。奉行所から戻った慈庵が、往診に連れて出たのだという。

お梅が昼食はどうするのか雪乃に尋ねた。

「二条通で食べて来たさかい、もうええわ」

と、雪乃は答えた。お昼ご飯はうどん屋で済ませた。その後で、雪乃は掛茶屋で黄粉のたっぷりかかったお団子を食べさせてくれたのだ。

「ええか、これは口止め料やさかいな。お父はんには、今日のことを言うたらあかんえ」

　雪乃は真面目な顔で貴和に言った。

「お梅はおしゃべりやさかい、冷や冷やしてた。あんたなら安心や」

「お梅さんを連れて、永泉寺へ行ってたん？」

「そらそうやろ。荷物持ちがいるさかい」

　お梅が「嬢はんの方が怖い」と言ったのは、山歩きだけではなく、むしろ死病の友人を見舞っていたからなのかも知れない。

「お父はんは、労咳でお母はんが亡うなった時、医者になろうと決めたんやそうや。薬屋やってるだけではあかん、て……。腕のええ医者を捜して、大坂や江戸、長崎まで行った。その時は、まだお祖父はんも生きてたさかい、店もなんとかなってたんや」

　友達を思う娘の気持ちは分かっていても、妻の命を奪った労咳の患者には近づけたくない。それは、医者としてではなく、親としても当然の気持ちであった。

お梅は二人がどこへ行って来たのか知っているようだった。そっと近づいて来て、

「どうやった」と囁いた。

「やっぱり永泉寺へ行ったんやろ?」

ううん、と貴和はかぶりを振った。

「お茶の稽古へ行って、その後、祇園さんへ寄った。祇園祭の準備で賑やかやったし、面白かったわ」

お梅は、当てが外れたような顔で離れて行った。

お茶の用意をして、雪乃の部屋に向かうと、丁度、女中頭のお絹が部屋から出て来るところだった。貴和は頭を下げた。貴和の側を通る時、「困ったもんや」とお絹の嘆く声が聞こえた。

お絹と入れ違いに入って来た貴和に、雪乃は小さな紙包みを渡した。

「もう仕舞いにし。これは今日の給金や。遠出したさかいお駄賃も入ってる」

だが、まだ日は高い。

「今、お絹さんから聞いたわ。昨晩、四条の鴨川の河原で死体が見つかったんやて。お父はんはその検分に呼ばれてたんや。刃物で斬られたみたいやけど、金品は取られ

てへんかった。町方は辻斬りかも知れんて言うてるそうや」

戻って来た慈庵は雪乃の外出を知った。

――いくら昼間とはいえ、遠出は禁物や。当分、家から出さんように――

と、お絹に命じたらしい。

「この事件が落ち着くまでは、あんたも日の高いうちに帰った方がええ。朝は今日ぐらいに来てくれたらええさかい、明日から頼むな」

そう言って、雪乃は貴和の懐に紙包みを差し入れたのだった。


家に戻ると、夕斎が厨で酒を飲んでいた。肴は昨夜の焼き鮎だった。今朝方、煮びたしにしておいたのだ。夕斎はずっと食事を取っていなかったらしい。

「また、お酒を飲んでる」

貴和は咎めるように言った。

「身体を悪うするさかい、もうやめとき」

すると、夕斎は妙に機嫌の良い顔を貴和に向けた。

「絵が売れたんや」

夕斎は懐に手を入れると、貴和の前に簪を差し出した。銀の細工物で赤い小さな珊瑚玉が、南天の実のように無数に付いている。

触れると鈴のようにシャラシャラと鳴った。

「今はこれしかしてやれんけどな、そのうち嫁入り道具の一式も揃えたるわ」

酒のせいか、顔を赤くして夕斎は豪語する。

「綺麗やなあ」と言いながら貴和は受け取ったが、胸の内はなんだか複雑だった。急に夕斎の絵が売れたことが信じられなかったのだ。

「誰がお父はんの絵を買わはったん？」

お陽の話だと、「須弥屋」に批判されてからは、夕斎の絵はほとんど売れていないようなのだ。

夕斎は娘が半信半疑なのが気に入らなかったのか、少し不満そうだったが、それでもすぐに晴れやかな顔になって答えた。

「『須弥屋』や」

貴和は驚いた。

「せやけど、須弥屋さんはお父はんの絵を貶してた人やろ」

「なんや、知ってたんかいな」

「つい昨日、桃月の女将さんから……」

「あのおなごもおしゃべりやな」

ぶすりと言ったが、すぐに機嫌を直す。

「わしの絵を『綺麗なだけでつまらん』て言うてたお人が、ついに『見事な絵や』て認めてくれはったんや。しかも大金で買い上げてくれた。幸右衛門はんが贔屓にしてくれるんやったら、わしは京で一番の絵師になれる」

「お父はんは今まででも一番の絵師や。お金なんかいらん。お父はんが好きな絵を描いてくれさえしたら……」

「それに」と貴和は先ほどから感じている煮え切らない思いを、とうとう口に出していた。

「その大店の御主人がどない言おうと、今は、お父はんの絵が流行りやなかろうと、お父はんはお父はんや。それをずっと押し通して来たんやないん？」

「阿呆やなあ」

夕斎はどこか腹立たしそうに言った。

「わしの絵が売れへんさかい、美津は出て行ったんやないか。娘まで残して……」

それきり夕斎は押し黙ってしまった。「血の繋がりのない娘を、亭主に押し付けて」とはとても口にはできないのだろう。

（お母はんが出て行ったんは、お父はんが思っているような理由とは違うんや）

しかし、それが何なのかは、今でもよく分からない。

あの子守りをしていた時以来、黒笠の法師は貴和の前に現れてはいない。それでも、貴和を捜しているらしいのはなんとなく分かる。

「なんや、わしの絵が売れたんが嬉しゅうないんか」

考え事をしていた貴和は慌ててかぶりを振った。

「そんなことあらへん。うちかて嬉しい」

「ほうか、喜んでくれるか……」

酔いに任せて夕斎は涙声になった。

「嬉しいに決まってる。せやさかい、絵をうちに見せて」

その途端、夕斎の態度が変わった。急に落ち着きを失い「あれはお前の見るもんやない」

と、強い口調で言った。

「娘に見せられん、て……。お父はん、いったい、どないな絵を描いたんや」

「疲れたさかい、寝るわ」

貴和の問いかけには答えず、夕斎は奥の自室に引っ込んでしまった。

(ほんまに、売れたんやなあ)

素直に喜ばなかったことで多少後悔もあったが、「須弥屋」というのが、貴和には引っ掛かる。それに、「絵を見たい」と言った時の、夕斎の様子にも不審なものを感じていた。

「いるかい、貴和ちゃん」

いつものように、裏の勝手口から浄雲が顔を出した。

「尋ねたいことがあるんや」

貴和はそう言うと、すぐに浄雲を招き入れた。

「卵が手に入ったんで、持って来た」

浄雲は片手を差し出して言った。大きな掌に三つばかりの卵が載っている。

「おおきに。卵焼きを作るわ」

貴和は両手でそっと卵を受け取ると流しの端に置いた。

「聞きたいこととはなんだ？」

浄雲は上がり框にどっかと腰を下ろす。

「須弥屋さんのこと、知ってはる？」

浄雲に祈禱を頼む大店もある。もしかしたら、須弥屋もその一つかも知れないと考えたのだ。

「公家や大名相手の本両替だな。二条通に大店を構えている豪商だ」

「それがどうかしたのか」と尋ねられ、貴和は父の絵をその店の主人が買ったことを話した。

「うちが小さかった頃、須弥屋さんが認めてくれへんかったせいで、お父はんの絵が売れんようになったて聞いたんやけど、そないに強い力のある人なんやろか」

ううむと浄雲は考え込んだ。

「俺は祈禱に呼ばれたことはない。せいぜい行った先で聞いた噂ぐらいだが、書画骨董にかけては、相当な目利きらしいな。『須弥屋の目を通った』と言えば、それだけで元値の何倍もの値がつくとか……」

「その人が、お父はんの絵を買うてくれたんやて」

貴和が喜んでいないのが分かったのか、浄雲は訝しそうに貴和を見た。

「あまり、嬉しくはないようだな」

「お父はんの絵を見てへんのや」

貴和は不安を吐き出すように声音を強めた。

「お父はんの絵はほんまに綺麗やった。それを貶してた人が、今度は『ええ絵や』て褒めてはる。お父はんは、いったいどないな絵を描いたんやろ」

「見せて貰えば良かろう」と浄雲は当たり前のように言う。

「それが、見せたがらへんのや」

何よりも、それが怪しい。

「気になるなら、調べてやろう」

「調べられるん？」

やっぱり浄雲は頼りになる、そう思った時、ふと志保のことが頭を過(よぎ)った。

「浄雲さんは、祈禱で病を治さはるんやろ」

急に話題が変わったので、浄雲は幾分戸惑った様子を見せる。

「労咳て病気は治せるん？」

一瞬、浄雲の表情が硬くなった気がした。

「なぜ、そのようなことを聞くのだ？」

「うちが子供の頃、遊んでくれてた人が労咳に罹ってるんや。浄雲さんの祈禱で治せへんやろか」

「労咳ならば、医者がついているだろう」

「そうなんやけど……」

貴和は言い淀んだ。慈庵が診ているとはいえ、雪乃の様子を見れば、あまり良くないような気がするのだ。

「悪い念が心に取り憑いて、生気を弱らせる。その念を取り除いて、生気を再び蘇らせることで病を治す。それが『狐落とし』だ。だが、俺にできるのはそこまでだ。後は自ら生きたい、治りたい、という強い想いが、本人にあるかどうか、だ」

──自ら生きたい、治りたい、という強い想い……──

果たして、志保にその強い気持ちがあるのだろうか？

どこか諦めに似たものがあるのを、貴和は志保から感じていた。諦めていないのは、むしろ雪乃の方だ。なんとか志保に希望を持たせようと叱咤し、祇園祭に行く約束までさせていた。

「労咳は重い病だ。必ず助かるとは限らぬが、望むならば祈禱はしよう」

「おおきに。雪乃ちゃんに言うてみる」

たとえ欠片であっても、希望は欲しいと貴和は思った。

燕児

其の一

翌朝、白香堂に着いた時、雪乃はすでに起きていて、貴和が来るのを待っていた。

昨日のように身支度を手伝い、髪のほつれを直す。雪乃は口数も少なく、なんだかぼんやりしているようだった。よく見ると目の下に隈ができている。昨晩も遅くまで本草の本でも読んでいたのか、と思ったが部屋のどこにも、本らしい物は一冊も見当たらなかった。

どうやら、志保のことが気になって満足に眠れなかったようだ。

「貴和ちゃん。旦那様が呼んではるえ」

簾越しにお梅の声が聞こえた。

貴和は、まだ白香堂の主人と顔を合わせていなかったことを思い出した。

「ご挨拶をしてきます」

途端に、雪乃の背筋がぴんと伸びた。雪乃はまるで正気を取り戻したように貴和の顔をまっすぐに見つめる。

「ええか、昨日のことを聞かれたら……」

「分かってる。絶対、言わんさかいに……」

貴和は大丈夫だと大きく頷いてみせた。

雪乃の部屋の隣は納戸になっていた。雪乃の衣装箪笥や鏡台などが置いてある。その隣が仏間だ。廊下を挟んで慈庵の居室があるが、仏間側は壁になっていて、出入りは左手の縁のある側だった。

この縁は中庭に面していて、まっすぐに玄関に続いている。

慈庵の居室の向こうは診察用の部屋だと聞いている。居室には燕児がいて、文机に向かい墨を磨っていた。

「ご挨拶が遅れてしもて、すんません。今度、雪乃さんのお世話をすることになった貴和どす」

痩せてひょろりとした夕斎とは違って、慈庵は恰幅の良い堂々とした体軀をしていた。

白髪混じりの総髪を、頭の後ろでまとめた慈姑頭だ。目は大きく、鼻もどっしりとしている。山羊のような顎鬚も太い眉も灰色をしていた。

「あんたが貴和さんか。雪乃が無理を言うたようで、すまんかったな」

慈庵は、桃月のお陽から事の次第を聞かされているようだった。

「雪乃さんには、小さい頃よう遊んで貰うてました。うちも一緒にいられて嬉しゅう思うてます」

「ほうか」と慈庵はにっこりと笑った。目じりが下がり、優しそうな風貌になる。

「我が儘な娘やけど、よろしゅう頼むえ」

「うちの方こそ、よろしゅう頼みます」

「それから、こっちにいてるんが……」と、慈庵は文机の前にいる燕児に視線を向けた。

「わしの従妹の息子で、燕一郎ていうんや。今は医者になる勉強をしとる」

「燕児さんどすな」と貴和が言うと、慈庵は驚いたようだった。

その時、燕児が机の上にあった紙に、何やら書き付けて慈庵に渡した。

「おお、そうか。貴和さんは昨日から来てはったんやったな」

皆、燕児とはこうやって会話を交わしているのだろう。

「せやったら、この子の事情も分かってくれてはるな」

慈庵に念を押すように言われて、「分かってます」と貴和は答えた。

声が出せない訳ではない。話そうと思えば話せるのに、母親の命が懸かっていると思い込んでいる燕児は、決してしゃべろうとはしない。それが、雪乃から聞いた「燕児の事情」であった。

「それで、志保さんの具合はどうやった。咳はひどうなかったか？」

「顔色はあんまりようなかったんやけど、雪乃ちゃんに会うたらすっかり元気にならはって……」

思わず言葉に詰まった。あまりにも慈庵が平然と尋ねるので、貴和の口が勝手に動いてしまったのだ。これでは雪乃が叱（しか）られる。どないしよう、と慌てていたら、瞬く間に慈庵の相好が崩れた。

「雪乃の性格はわしがよう知っとる。こうと決めたら、あかんて言われても自分の思い通りにする娘や。あんたが昨日からここに来てんやったら、雪乃に連れ出されてると思うてな。それで聞いてみたんや」

「雪乃さんは、お父はんには知られとうない、て言うてはりました。労咳がうつるんやないか、心配しはるから、て」

「労咳は恐ろしい病や。わしはそれで妻を失うた。雪乃を志保さんに会わせとうない。そない思うのは親心や。せやけどな、医者としては違う。死ぬ病やて言われても、助かるもんかていいてる。その理由が分かれば、どないな病かて治せる筈や」

「浄雲さんは、心の持ちようやて言うてはりました」

「浄雲？」と言ってから、慈庵はその太い眉を寄せた。

「あの如何様の里修験か。噂は聞いとる。『狐落とし』をするそうやが、だいたい狐が人に悪さなんぞするかいな」

どうやら慈庵は、浄雲をあまり快く思ってはいないようだった。

その時だった。「先生、いてはりますか？」と、二十二、三歳くらいの若い男が顔を出した。手代の孝吉だと、昨日、お梅から聞いていた。

「『紅梅堂』の若主人が突然倒れた、て知らせが来ました。慈庵先生に診ていただきたいんやそうどす」

「若主人？　隠居の方と違うんか。以前から腰が悪いて言うてたんやが……」

慈庵は驚いた様子で問い返していた。

「いえ、息子さんの方どす」

「息子は、まだ三十歳を超えたばかりやで」

　慈庵は不思議そうに首を傾げながら腰を上げた。

　燕児が壁沿いの棚から風呂敷包みを取って両手で抱える。おそらく、診察のための道具が入っているのだろう。

「貴和さんも、もう行ってええ。雪乃からは目を離さんようにな」

　それから慈庵は、燕児を伴って部屋を後にした。

「どうぞ、お気をつけて」と頭を下げる貴和の前を、慈庵に続いて燕児が通り過ぎて行く。

　その時だ。

――（……わちゃん、げん……きそう……よか……）――

　そんな言葉が頭に飛び込んで来たような気がした。とぎれとぎれで、何を言っているかよく分からなかったが、誰かに話しかけられたような気がしたのだ。

　驚いて顔を上げたが、慈庵の部屋はしんと静まり返っている。隣の部屋が店になっているので、人の声が壁伝いに聞こえたのかも知れない。

「お父はんから何か聞かれへんかった？」

雪乃は貴和の顔を見るなり、すぐに尋ねて来た。よほど気になっていたようだ。

「慈庵先生は、永泉寺へ行ったことを知ってはったわ」

「お梅やな」

雪乃は決めつける。

「あの娘、おしゃべりやし……」

「違うと思うえ、雪乃ちゃん」

貴和は苦笑する。

「それより、浄雲て里修験を知ってはる？　祈禱で病を治さはる人や」

すると、雪乃は少し眉根を寄せて考え込む仕草を見せてから、「ああ、あの」と言った。

思っているより、浄雲の名は京の商家の間で知られているらしい。

「『狐を落とす』とかいう修験者やろ。お父はんから聞いてる。祈禱で病が治るんやったら医者はいらん、て、よう言うてはるわ」

「雪乃ちゃんも、如何様やて思うてはる？」

「そんなん分からへん」

雪乃はかぶりを振った。

「燕児のお母はんかて、燕児がお祈りして、願掛けまでしたさかい、病が治ったんかも知れんやろ。あの時、お父はんの方は、ほんまに諦めてはったみたいやし」

「浄雲さんに、志保さんの祈禱をお願いしたらどうやろ、て思うてんのやけど……」

貴和は浄雲が裏隣に住んでいて、親しくしていることを雪乃に語った。

雪乃は急に晴れやかな顔になった。

「志保ちゃんの祈禱を頼むよう、砧屋(きぬたや)さんに言うてみてもええなあ」

「砧屋さんて?」

貴和が問うと、志保の実家の呉服問屋なのだという。

「このことは、お父はんには内緒やさかいな」

雪乃は貴和に念を押すように言った。

「絶対、止めはる。せやさかい秘密やで」

今度ばかりは、「雪乃の秘密」を守らねばならない、と貴和も自分に言い聞かせる。

「お父はんは、今、家にいてはる?」

「さっき、『紅梅堂』さんに呼ばれて出て行かはった。燕児さんも一緒や」

「『紅梅堂』言うたら、御池通にある茶道具のお店やな。あそこの御隠居は腰がちょっとでも痛いと、すぐにお父はんを呼んで灸を据えはるんや」

「若主人の方やて聞いたんやけど……」

雪乃は少し首を傾げて、「珍しいこともあるもんやな」と呟いてから、出掛ける用意をするよう、貴和に言った。

「お父はんがおらんのやったら、丁度ええわ。今の内に砧屋さんへ行って、祈禱の話をして来るんや」

「せやけど、慈庵先生が、治療を諦めたように思われへんやろか」

娘の口から祈禱を勧められては、慈庵が匙を投げたと誤解されるのではないか、と、貴和は案じたのだ。

「今は、お父はんの顔を立てるより、志保ちゃんの命の方が大切や。試せるもんはなんでも試したらええ、て、そない言うてみるつもりや」

いったん思い立ったら、雪乃の行動は早い。小半時後には、貴和は砧屋への手土産を持たされて、雪乃と共に二条通へ向かって歩いていた。

二条通に入って東へ行くと南北に走る堺町通がある。堺町通の北東角に、呉服問屋

「砧屋」はあった。

白香堂も大きかったが、砧屋の店構えも立派だった。看板には「禁裏御用達」の文字が載っている。

人の出入りもさすがに多い。

貴和が戸惑っていると、雪乃が袖を引っ張って、「本宅の玄関はこっちや」と言った。

二条通から店の横の小路に入ると格子戸の門が見えた。さっきとは打って変わって静かな佇(たたず)まいだ。人通りもあまりない。

貴和が雪乃の後ろから門に向かっていた時だ。格子戸が開いて、人が出て来たのだ。

途端に、心の臓が跳ね上がるのを感じて貴和の足が止まった。門から現れた人物に見覚えがあったのだ。

あの黒笠の法師だ。

貴和は咄嗟に後ずさりをすると、身を翻して駆け出した。背後で雪乃の驚いたような声が聞こえたが、今はそれどころではなかった。

（逃げなあかん）

その思いだけが貴和の頭を支配していた。

二条通に出ると、すぐに隠れ場所を探した。今にも法師が背後から迫って来るような気がした。

貴和は思い切って砧屋の店先に飛び込んでいた。中には沢山の客がいた。店の座敷に、様々な色合いの反物が広げられている。貴和は客の中に身を隠すようにして、じっと息を潜めていた。

「貴和ちゃん」

突然、肩を叩かれ、店の隅にしゃがみ込んでいた貴和は飛び上がりそうになった。

「どないしたんや」

雪乃だった。雪乃は呆れたように貴和を見つめている。

「堪忍、雪乃ちゃん。うちは、ここへは入られへん」

砧屋の店の中に隠れながら言うのもおかしな話だったが、少なくとも人の多い店の中は安全に思えた。

「白香堂の嬢はんやおへんか?」

女の声がした。四十代くらいの女が、驚いたように雪乃を見ていた。

「志保ちゃんのお母はん」

雪乃はそう言って、親し気に女に挨拶をする。

「お久しぶりどす。すっかりご無沙汰してしもうて……」

「慈庵先生には、志保がお世話になってます。雪乃ちゃんも永泉寺まで見舞いに来てくれはったそうで……」

恐縮したように志保の母親は言った。

「何も店やのうて、玄関へ回ってくれたらよろしおすのに」

「そないするつもりやったんどすけど……」

雪乃は怪訝そうに視線を貴和に移した。

「うち、気分が悪うて……」

貴和は一刻も早く、ここを離れたかった。なぜ、黒笠の法師が砧屋の本宅から出て来たのかは分からない。考えてみれば、子守りをしていた時に見かけたのが最後だった。法師が母を捜す手掛かりになるような気はしていたが、それでも、もう現れないのではないか、と思って安堵していたのも事実だった。

「ちょっとだけ待ってて。すぐに済ませるよって……」

雪乃は貴和にそう言うと、志保の母親に、店の奥で少し話ができないかと尋ねた。

本当に雪乃は早かった。奥へ入ったかと思うと間もなく出て来て、「帰ろ」と貴和を促した。見送りに出て来た志保の母親が、「せっかく来てくれはったのに、すんまへんなあ」と、雪乃に言った。

「雪乃ちゃん、祈禱のこと、どないなったん？」

黒笠の法師の姿が見えはしないかと、周囲に気を配りながら、貴和は雪乃に尋ねていた。

「志保ちゃんの家では、もう祈禱は頼まはったんやて」

雪乃は少しばかり気が抜けた様子だった。

「ただお父はんの手前、祈禱を考えてることが、なかなか言い出せへんかったそうや」

——慈庵先生を信じてへん訳やないんどす。娘を助けるためやったら、どないなことでもしてやるのが、親と違いますやろか——

志保の母親はどこか済まなそうな顔で雪乃に言った。

「せやから、うちも同じ気持ちやて言うたんや。お父はんかて、きっと分かってくれはる」

「砧屋さんは、誰に祈禱を頼まはったんやろ」

貴和は不安を感じた。（もしや）と思っていると、雪乃が答えた。

「門から出て来たお坊様がいてはったやろ」

貴和の胸の内など、当然雪乃には分からない。

「黒い笠を被ってはった法師様や。『鞍馬法師』て言うて、それは験力の強いお坊様なんやて。どないな病気も祈禱で治さはるそうや。二条通を西に行ったところに『須弥屋』て大きな両替屋さんがあって、そこの御主人の紹介なんやそうや。貴和ちゃん……」

雪乃が心配そうに貴和の顔を覗き込んで来た。

「どないしたんや。顔が真っ青や」

雪乃は貴和の身体を両腕で支えた。

「もうじき家に着く。お父はんがいたら診て貰えるさかい、我慢しいや」

白香堂は目の前だった。

（もう少しや）と、思った途端、天地がひっくり返ったような気がした。雪乃が悲鳴を上げた。次の瞬間、「貴和ちゃん」と呼ぶ声と共に、誰かの腕が倒れかけた貴和を抱き止めていた。

「どないしたんや?」

と耳元で問われた気がして、貴和は辛うじて「なんでもあらへん」と答えた。

それから改めて顔を上げ、自分が燕児の腕に抱かれていることにやっと気がついた。

「燕児、さん?」

間近に燕児の心配そうな顔がある。貴和が名前を呼んだので、燕児は小さく頷いた。

「良かった。燕児、ええところに来てくれはった」

雪乃がほうっと吐息をついた。

「早う貴和ちゃんを背負うて上げて」

雪乃に言われて、燕児は貴和に背中を向ける。

「しばらくうちで休んで行き。燕児も帰って来たことやし」

そう言ってから、雪乃は辺りを見回した。

「お父はんは?」

燕児は無言でかぶりを振ると、懐から紙を取り出して雪乃に渡した。

「お父はん、帰って来はらへんのやて」

雪乃は文を読んでから、困ったように貴和に言った。

「病人の容態がようないらしいわ」

病人とは、紅梅堂の若主人のことだろう。

「燕児は薬を取りに戻ったそうや」

雪乃の手の中の文がチラリと貴和にも見えた。幾つか見慣れない文字が並んでいる。きっと薬種の名前なのだろう。

「うち、もうなんともあらへん」

貴和は雪乃と燕児の顔を交互に見た。二人とも心配そうにしている。だが、嘘ではなく、貴和はさっきまでの気分の悪さや、頭の中がクラクラするような感覚が、全くなくなっていることに気が付いたのだ。

おそらく、それは燕児が側に来てからだ。しかも、その燕児がはっきり声を出して、貴和の名前を呼んだのだ。

だが、それはすぐに気のせいだと思った。燕児が声を出したのなら、誰よりも雪乃が平静ではいられないだろう。

雪乃は、店の者に家まで送らせようと言ってくれたが、貴和はそれを断っていた。燕児の手が触れていた背中や腰の辺りが、なんだか熱かった。そこから燕児の温もりが、じわりと貴和の身体に広がって来るようだった。

(不思議や。うち、もう何も怖うない)

黒笠の法師を見た瞬間、貴和の心を一瞬で支配したのは、幼い頃、母が襲われている姿を見た時の恐怖だった。

十二歳のあの夕暮れの中で見た時も、法師が自分を捜しているようで、逃げることしか頭に浮かばなかった。

だが、今は違う。

心の中に、恐怖と戦う勇気が生まれた、そんな気がしていた。

——あんたは、ほんまに強い子や。そのことをしっかりここに刻んでおくんやで——

初めて黒笠の法師に出会った日、母に言われたその言葉が、貴和の脳裏にはっきりと蘇っていた。

其の二

貴和が砧屋へ行った翌日から雨が続いた。さらに二日後、この日も朝から雨だった。紅梅屋の若主人は一向に快方に向かわないのか、慈庵は燕児を伴って診察に行った。

雪乃は部屋に籠って裁縫に精を出していた。志保とお揃いの浴衣で祇園祭に行く、という約束を果たすため、今度は自分の浴衣を縫っているのだ。よほど裁縫は苦手らしく、貴和は何度もお絹を呼びにやらされた。

家の雑用のすべてを取り仕切っている女中頭のお絹は、貴和が現れると「ほんまに、この忙しい時に」と、まるで貴和に原因があるかのように文句を言う。

それでいて雪乃には、「まあまあ、嬢はんがお裁縫をするやなんて、これでいつでもお婿さんが貰えますなあ。今の内に、男物の着物を縫う稽古もしはったらどうどす」と甘い声を出す。

雪乃の用事がないので、貴和は店の手伝いをした。

二間続きの店内は、珍しい物で溢れている。

小さな引き出しの沢山ついた薬簞笥には、聞きなれない名前が書かれていた。仮名文字なので貴和にも読める。

牛のお腹の中にできた石だという牛黄や、熊の内臓の熊胆など、不気味な物もある。蟬の抜け殻や、蚯蚓の仲間や虻などを干した物まで、薬になることを初めて知った。

大ヤモリの内臓を取って干した物を見た時は、心の臓が止まりそうになった。店の若い衆が、驚いている貴和に「それは労咳の薬や」と教えてくれた。咳止めになるのだ、という。

(志保さんも飲んでるんやろか)

そう思うと、余計可哀そうになって来る。

(きっと、美味しゅうないんやろな)

薬研という薬を砕くための道具もあった。鉄で作られた物と木製の物があって、あちこちでゴリゴリという音が響いていた。天秤で慎重に薬の重さを測っている者もいた。

薬種を油紙に包む者、匂いを嗅いでは品定めをする者……。

店内を仕切っているのは番頭の九兵衛だった。そろそろ五十歳になるらしいが、四十代の半ばくらいにしか見えない。髪も黒々としていて肌艶も良い。

どうも「若返りの薬」でも飲んでるらしい、と女子衆の間で噂になっている。

――貴和ちゃん、なんとか聞き出してえな――

と、年配の女中に言われたことがある。

九兵衛は大柄の割には小回りが利く。動きながら若い衆に次々に指示をする。主人の慈庵が医療に専念できるのは、彼のお陰なのだというが、いつもしかつめらしい顔をしているので、貴和はちょっと苦手だった。興味を引いた物に触りたくても、常に見張られているような気がするからだ。

そんな折だ。貴和は手代の孝吉と番頭の九兵衛が話しているのを見た。二人とも何やら真剣な顔だ。たまたま客が少なく、店の者たちが交代で休息を取っている時だった。

「紅梅屋さんの若主人、あかんかったそうどすわ」

ひそりと声を落として孝吉が言った。

「病はなんやったんや？」

九兵衛が尋ねている。孝吉はかぶりを振った。

「慈庵先生にも、分からんかったんやそうどす」

「あれだけ薬をいろいろ試してはったのに、どれも効かんかったんやな」

「病名が分からんことには、どうも」と、孝吉がその顔を曇らせる。

「あの」と、貴和は二人に声をかけた。丁度、二人に茶菓子を運んで来たところだったのだ。

「なんや、貴和ちゃん。そこにおったんかいな」

九兵衛が気まずそうな顔をした。

「今の話、聞かんかったことにしてな。慈庵先生は、病人の噂話をするのは嫌いなんや」

孝吉が両手を合わせて貴和を拝む。

「言わしまへん。それより、そない重い病やったんどすか？」

貴和は二人の前に茶菓の盆を置いた。九兵衛がさっそく皿の饅頭に手を伸ばす。

「そりゃ、先生にも治せへんこともある。疱瘡（とうそう）とか、労咳とか……。流行り病はことに難しい」

そう言ってから、九兵衛はずずっと音を立てて茶を飲んだ。

「狐が憑いた、てことは？」

貴和の言葉に九兵衛はゴホンと咳込んだ。

「貴和ちゃん、慈庵先生の前で『狐落とし』の話はしたらあかんえ」

だが、孝吉は真顔になってこう言った。

「案外、貴和ちゃんの言う通りかも知れまへんなあ」

「お前まで、なんちゅうことを……」

九兵衛は孝吉を叱ろうとする。

「せやけど、なんや妙な死に方やったて聞きましたえ」

孝吉は客から聞いたのだと言う。白香堂は問屋なので、生薬屋や売薬の行商人などが頻繁に出入りしていた。彼等からは、どんな薬がよく売れるのか、今、流行っている病は何か、などの情報が入って来る。

「紅梅屋の若主人は三十二歳。先年、嫁を貰うたばかりや。それがみるみる内に身体が衰えていって、亡うなった時には、どう見ても八十か九十歳くらいの老人の姿やったそうどす」

「病で亡うなったんやさかい、元気な時のまんまてことはあらへんやろ」

九兵衛は疑うような目を孝吉に向けた。

「それでも、なんや気味が悪うおまへんか？　わてもこの店に奉公して十年になりますけど、そないな病は聞いたことがおへん」

「怖い病なんどすか」

貴和が尋ねると、「それはもう」と孝吉は頷いた。

「労咳や疱瘡でも人は亡うなるけどな。随分、遠い昔からある病や。治療の仕方とか、薬とか、それなりに効くもんかておますやろ。せやけど今までにない病となると、医者だけやのうて、病を治す神さんかて困らはる」

「疱瘡、て言うたら」

その時、九兵衛が何かを思い出したように口を挟んだ。

「天明八年（一七八八年）のあの大火事の後や。疱瘡が流行って、えらい難儀をしたわ」

少しでも疱瘡に効くと思われる薬種を求めて、白香堂の若い衆は、大和国やら越前国まで出向いて行ったのだと言う。

「四月には家主や町役に疱瘡の病人の世話をするよう、お上から御触れまで出て、ちょっとした騒動になった。病がうつらんようにする薬はないか、て言うてくるもんかていてた」

九兵衛の言葉に、孝吉も相槌を打つ。

「わてが五歳か六歳ぐらいのことどした。疱瘡は悪い風が運んで来る言うて、親に家から出して貰えんかったんを覚えてますわ」

「若うて身体が丈夫やったら治ることもあるんやけど、老人や子供は仰山亡くならはった。せやけど、金があればどうにかなるもんや」

「地獄の沙汰も金がなんとか、て言いますけど、まさか、疱瘡の神さんにも金が物を言うんどすか。まあ、高価な薬は買えますやろけど」

孝吉は呆れたような顔で九兵衛に言った。

すると、急に九兵衛は真顔になった。

「そないなことやない。あれは、六月の終わり頃やったろうか……」

暑さに伴い、益々疫病は猛威を振るう。大火災の後の復興も思うように進まない廃墟寸前の京の町に、疱瘡を祈禱で治す、という法師が現れたのだ。

鞍馬山で修行を積んだ験力の強い法師なのだと言う。そのため「鞍馬法師」と呼ばれ、「須弥屋幸右衛門」という金貸しをしている男が仲介していた。

「その法師の祈禱で、何人もの子供の病が治ったんやそうや。いずれにしても、京でも指折りの大店の子やったんやが……」

「親が子供のために大金を払うた、てことどすか」

孝吉は煮え切らない顔をする。

「えらいお坊さんの割には、欲深どすなあ」

「せやない」と九兵衛は、片手を自分の顔の前でヒラヒラと振る。

「その法師が金を貰うたとは、思えへんのや。あんさんも今の須弥屋を知っとるやろ」

「ああ、そういうことどすなあ」

孝吉は納得したように頷いた。

「どういうことどす？」

貴和には今一つ理解できない。すると孝吉は訳知り顔で貴和に話してくれた。

「その法師は病を治しただけなんや。金は須弥屋の懐に入った。小さな金貸しやったんが、今では本両替や。あちこちの藩のお殿様やら重臣等の財産を一手に引き受けとる。公家とも繋がりがあるて噂や」

「須弥屋は人の弱みに付け込み、お坊さんを利用して今の財を築いた、てことどすか」

貴和が言うと、「まあ、そういうことやろな」と孝吉は大きく頷いた。


その日、貴和は家に戻ると真っ先に父の画室に入った。都合の良いことに、夕斎は留守だった。家にいたならば、きっと貴和に絵を見せようとはしないだろう。

画室には、描きかけで反故にされた紙が、あちこちに丸められていた。出来上がった物はないかと探していると、棚の上に広げられた一枚の絵を見つけた。描き上げたばかりなのだろう。墨を乾かしているようだ。

貴和はその絵を手に取った。

そこは、一面石ころだらけの荒れ野であった。所々に丈高い夏草の茂みがある。一人の人物が立っていた。背後には上弦の月が大きく描かれていた。その月が、異様に赤い。

人物は、長い髪が振り乱れ、不思議な模様の小袖と袴を身に着けている。手には抜き身の刀を下げていた。その刀の切っ先からは赤い雫（しずく）が垂れている。

（もしかしたら、血？）

そう思った時、その人物の足元の叢に、人の腕が投げだされているのが分かった。腕からさらに視線を追って行くと、仰向けに倒れている人の身体があった。長い髪が、小石の上に大きく広がっている。女であることは、曝け出された胸元で分かった。身体のあちこちが切り裂かれたように、幾筋もの赤い線が縦横に走っている。

ことに首の辺りが大きく裂かれ、流れ出た血が溜まりを作っていた。

よく見ると、刀を持つ人物の斑模様に見えた衣服の柄が、飛び散った血飛沫なのが分かった。男なのか女なのかも分からない。背後にささやかな月の光があり、全身がぼうっと白く浮き上がって見えた。顔の部分は暗く陰り、目鼻立ちは分からない。ただ、その口元だけが、まさに血の色をして赤く、左右に大きく引き伸ばされていた。

(これは、鬼や)

その瞬間、貴和は背筋がぞくりとして絵を放り出していた。

(怖ろしい絵や……)

明らかに笑っているのだ。足元に人が死んでいるというのに……。いや、この者が殺したのだ。これは、人殺しの絵だ。

まだ幼かった頃、地獄絵図を見たことがある。悪いことをすれば、死んでから地獄へ落とされ、厳しい罰を受けるのだと言われた。

舌を抜かれるのも、身体を粉々に砕かれるのも、針の山を歩かされるのも、血の池で溺れるのも、どれも怖ろしかった。何よりも、地獄の鬼たちの姿が強く頭に残り、幾度か夢に見たこともあった。

それでも、この絵を見た時の衝撃に比べれば、ただの子供だましであった。今では地獄絵図の鬼の姿はどこか剽軽に見えるし、罰を受ける罪人らも、自業自得だとも思う。

怖ろしいのは、今、目にした絵が、ひどく真実味を帯びていて真に迫るものがあったことだ。頭の中で作られた嘘ではなくて、まるで実在しているかのような絵だ。

だが、何よりも怖ろしいのは、このような絵を持て囃して買い上げる須弥屋幸右衛門という男であった。

「貴和、帰ってんのか？」

表の戸が開く音がして、夕斎の声が聞こえた。その声が妙に機嫌が良い。

貴和は絵を拾い上げると、玄関先に向かった。

「お父はん、なんやの、この絵は？」

怒りのあまり吐き出した声が上ずっていた。

「お父はんが、こないな絵を描くやなんて。こない怖ろしい絵を……」

言葉が思うように出て来ない。夕斎は、買ってきたらしい酒の徳利を下げて棒立ちになっていたが、貴和の手元に目を移してから、やっと状況を飲み込んだようだった。

「待て、落ち着け、貴和」

夕斎は宥めるように言った。

「これが、あの北川夕斎の絵なん？　うちやお母はんが好きやった、あの綺麗な絵を描いてはったお父はんはどこへ行ったんや」

涙が溢れそうになった。

「それは芝居絵や」

「芝居絵、て？」

「この前、わしが夜中に急いで帰って来たことがあったやろ。お前が白香堂へ行く前の晩のこっちゃ」

あの夜……。貴和は思い出した。翌日、とうとう仕事先が替わったことを言えないまま、貴和は白香堂へ行ったのだ。結局、夕斎に話したのは、その二日後だった。

「あの晩、わしが『弁天（べんてん）』で飲んでたら、『達磨堂（だるまどう）』の手代が来てな」

「弁天」は、御池通を二筋東へ行った、柳馬場通（やなぎのばんばどおり）にある居酒屋だった。値段の割には料理が美味い。

達磨堂は書画を扱う店だった。以前は、夕斎と付き合いもあったらしいが、最近は絵を持ち込んでも断られることが多くなっていた。

「その達磨堂が、わしにええ話があるて言うんや」

達磨堂の方は、夕斎の行きつけの店を知っていたようだ。

「そのええ話ていうのんが……」

須弥屋の主人が、芝居絵を描く絵師を捜しているという。

「なんでも贔屓にしてはる役者がいて、四条の芝居小屋で主役を張るんやそうや。その宣伝になるような絵を描ける絵師を欲しがってはってな」

「須弥屋、て、お父はんの絵は綺麗なだけでつまらん、て言わはった人やろ」

貴和にはそこが納得できない。

「なんで、お父はんが描くことになったん？」

「達磨堂は、すぐにわしにこの話を持って来た」

――幸右衛門はんに、夕斎はんの力量を見せる、ええ機会やおまへんか――

　さらに手代はこう言った。

――北川夕斎が綺麗なだけやのうて、どれだけ凄みのある絵が描けるのか、しっかりと見せつけてやったらどうどすえ？――

　思えば、須弥屋の一言で夕斎は京の画壇から干されてしまったのだ。反対に認めさせれば、今度こそ京都で一番の絵師になれるかも知れない、と夕斎は考えた。

「そうなったら、美津も戻って来るかも知れん」

　夕斎はやや声を落とすようにして言った。

「お父はん、お母はんは……」と言いかけて、貴和は言葉を飲み込んでいた。母の失踪の本当の理由が鞍馬法師にあるかも知れないことを、どう伝えたらよいのか分からなかったのだ。

「そりゃあ、小気味良かったえ」

　夕斎は自分の描いた絵を幸右衛門に見せた時の様子を、自慢そうに貴和に語った。

「こう、目を真ん丸うしてな、食い入るようにわしの絵を見て、『見事や。気迫がある』て、そない言うてな」

「せやけど、これは人殺しの絵やないの。うちは怖ろしい」

「お前の見るもんやない、て言うたやろ」

夕斎は不機嫌そうに眉を寄せた。

「須弥屋さんは、そないな絵が欲しいて言うん？」

「芝居の内容が、『辻斬り物』なんや」

と言って、夕斎は貴和に芝居の筋書きを話し始めた。

「『刀風萩(かたなかぜ)の乱れ』て言うんや」

ひとりの侍が、藩内の権力争いに巻き込まれ、両親と妻子を殺された。その復讐を誓い、仇の家族を一人ずつ斬り殺して行くという話だ。

ところが、侍は京で出会った女と恋に落ちてしまった。最後の復讐を遂げた後、その女と一緒になろうと思っていたが、実は男を罠(わな)にはめた張本人の娘であったのだ。

「それで、その侍と女はどないなったん？」

「侍は仇と娘を殺してしもうたんや。お前が持っているのが、その場面や」

改めて貴和は手にしている絵に目を落とした。横たわっている女が、その娘なのだろう。復讐を遂げた男からは、狂気が感じられた。

「侍は女を殺した後、狂うてしもうた。それから次々に人を殺して行くんや」

「怖い話やな。まるで生き地獄や」

貴和は思わず深い吐息をついた。

「そないな芝居、人が喜んで見はるんやろか」

「それは見方によるやろ」

夕斎は貴和ほどにはこだわりはないようだ。

「復讐心に取り憑かれていると、いずれは自分も地獄へ落ちる。恨みの念をいつまでも抱えているとやがて己も恨みの鬼となる、ていう、まあ諌(いさ)めみたいなもんやな」

「お父はんは、地獄のような絵を描く絵師でええん？」

貴和にはそれが気がかりだった。できれば、夕斎には、以前のような明るい綺麗な絵を描いていて貰いたいと思う。

「達磨堂が、これを『怖絵(こわえ)』として売ったらどうや、て言うんや。肉筆の絵は錦絵みたいに何枚もあるもんやない。それだけ価値が出るし、何よりも須弥屋の目を通ってるんや。高値で売れるし、認められれば名も上がる」

「うちは、お金なんぞ欲しゅうない」

それは貴和の本音であった。だが、夕斎はそうではなかった。

「金があったら、ええ絵具かて買えるんや。岩絵具は質がええのに越したことはない。発色が違う。値が張るんは、お前もよう知ってるやろ」

「それにな」と、夕斎はさらに言葉を続けた。

「怖絵なんぞ描くのは今回だけや。『刀風萩の乱れ』っちゅう芝居も、辻斬りの噂が流れている今やからこそ、客が興味を持つんや。そないな流行りもんはすぐに終わる」

「『刀風』て、『辻斬り』のことなん?」

「そない名付けたらどうやろ、て、達磨堂とわしで話し合うたんや。風は悪い病を運んで来るていうやないか。『辻斬り』かて、人を殺しとうなる病みたいなもんやろ。それに刀を振った時に起こる風を重ねて、それで『刀風』や。須弥屋も気に入って、芝居の題名に使うことにしたんや」

できるだけ金を稼ぎ、名声を得ておいてから存分に花鳥画を描く、というのが、絵師北川夕斎が頭の中に描いている将来の図なのだろう。

「そない上手いこと行くんやろか」

貴和にはどうしても不安が拭えない。だが、どこか希望に満ちた夕斎の様子を見ると、これ以上、反対はできなかった。第一、娘が止めたからといって聞くような夕斎ではない。

「せやったら、一つだけ約束して欲しい」

貴和は夕斎に真剣な目を向ける。

「この仕事が終わったら、須弥屋には二度と関わらんといて」

須弥屋は信用できない気がした。何よりも鞍馬法師と須弥屋は繋がっている。

天明八年、疱瘡が流行る最中の京に現れ、病に罹った子供等を何人も救った鞍馬法師……。孝吉の話では、その時支払われた金は須弥屋の懐を潤したようだ。それを元手にして、今の須弥屋があるのだろう。

一方、欲得ではなく、純粋に子供の命を助けた鞍馬法師が、なぜ貴和を執拗に追って来るのか、その理由も分からない。

「当たり前や。人を落としたり持ち上げたり。そないな人間はわしも嫌いや。こっちも本心で付き合いたい訳やないんや。今だけやさかい、お前も少しだけ目を瞑っといてくれ」

「お父はんがそこまで言うんやったら」

貴和は承知するしかなかった。

その夜、夕餉を済ませた夕斎が画室へ入った後、いつものように勝手口から現れた浄雲に、貴和は夕斎が描いた絵のことを話していた。それが須弥屋から請け負った仕事であることも……。

「芝居絵だと言うのか？」

「せや」と貴和は頷いた。絵を見た時の衝撃の余韻は、当分頭から消えそうもない。

「どんな芝居なのだ？」

「『刀風萩の乱れ』なんやけど……」

「役者の名前は？」と尋ねられて、貴和は首を捻った。そこまでは聞いてはいない。

「祈禱を頼まれた商家で、須弥屋のことはいろいろと聞いてはみるのだが、幸右衛門に贔屓の役者がいることも、芝居好きだということも、今のところは耳にしてはいない。書画や骨董の目利きに長けているとは言うが、大名家だけではなく、商人相手の金貸しもやっているので、須弥屋の言うことには誰も逆らえないようにも見える。京の画壇にも顔が利くなら、夕斎殿の将来も握っているのやも知れぬな」

「須弥屋は、なんや怪しい気がする」

　理由は、やはり「鞍馬法師」だ。

　貴和は浄雲に、鞍馬法師を知らないか尋ねてみた。同じように祈禱で病を治すなら、鞍馬法師の方が、慈庵よりも商売敵のような気がした。

「浄雲さんに言うてた志保さんの祈禱も、実家の砧屋さんは鞍馬法師に頼まはったそうや」

　貴和はしばらくの間迷ってから、浄雲に初めて鞍馬法師に会った時のことを話し始めた。

「信じてくれはるかどうか、分からへんのやけど」

　幼い頃、母の背に負われて家路についた時のことだ。黒笠を被り僧侶の衣を纏った法師が、全身から黒い炎のような靄を立ち上らせながら、母に襲い掛かって来た……。

「お母はんは、うちに八幡社の境内へ逃げるように言わはった。せやけど、鳥居を潜るとそこはいつも通りの秋の夕暮れやった」

　鳥居の外は違っていた。今から思えば、周囲を闇に覆われた別の世界だったようにも思える。

「お母はんはうちに逃げるように言うた。まるで、うちの姿を法師から隠そうとしていたみたいや」

　母が危ないと思い、声を上げた貴和に、法師は視線を向けた。美津が法師を止めようとした時、大きな鳥が現れて法師に向かって行った。

「あれは鷹のようやった。とても大きな鷹や。あの大鷹のお陰で、うちとお母はんは助かったんやて思う」

　けれど、その翌日、母は姿を消してしまった。

「お母はんは、うちを守ろうとしたんやろう。法師はお母はんに『子供はどこにいる』て尋ねてたんや。あれはきっとうちのことや。せやさかい、お母はんはうちから離れたんや」

　辛いのは、その理由を父に言えないことだ。

「とても信じられる話やないやろ。浄雲さんかて……」

「俺は信じる」と、浄雲はきっぱりと言ってからさらに尋ねた。

「その黒笠の法師が『鞍馬法師』と呼ばれているのは、どうして分かったのだ？」

「昨日、雪乃ちゃんと浄雲さんに祈禱して貰うよう砧屋さんに勧めに行ったとき、あの法師が家の門から出て来るところを見たんや。後で砧屋さんが、『鞍馬法師』に祈禱を頼んだ話をしてはったさかい……」

「姿を見られたのか」

「ううん」と貴和はかぶりを振った。

「すぐに隠れたさかい、多分、見つかってへんと思う」

その言葉に、浄雲は少しほっとしたような表情を見せた。

「せやけど、鞍馬法師はなんでうちを捜してるんやろか」

それとも、もうすでに貴和を見つけていて、連れ去る機会でも狙っているのだろうか。

おかしなことに、今の貴和には、怖れる気持ちよりその理由を知りたいという思いの方が勝っていた。理由が分かれば、母を取り戻せるような気がするのだ。

「何か思い当たることはないのか」

浄雲に問われて、貴和は考え込んだ。思い当たることと言えば、自分が父の実の娘ではないということだけだ。だが、そのことと鞍馬法師が関わりがあるとはとても思えない。

貴和はしばらくしてから重い口を開いた。

「うちは、お父はんのほんまの子やのうて、お母はんの連れ子やそうや。お父はんはすべて承知の上で、お母はんと夫婦になったんやて」

貴和は小さくかぶりを振る。

「知ったんはつい最近なんや。お母はんは、うちをお父はんの許に残して家を出た。お父はんは、里子にやることかてできたのに、うちを育ててくれた」

充分だったとは言いがたい。夕斎は、貴和の世話をお常に任せっきりだったからだ。

それでも、夕斎は貴和の父親でいてくれた。

「お父はんの口から言い出さへん限り、うちはこのことを黙っているつもりや」

「親子は血の繋がりだけで成り立つものでもあるまい」

浄雲はにっこりと笑った。

其の三

「これ、書庫に戻しといて」

翌朝、白香堂へ行った貴和は、雪乃から本を二冊手渡されていた。

一冊目の表紙には「傷寒論」、もう一冊には「神農本草経」と書かれている。

「きず……さむい、ろん？」

文字を読もうとした貴和に、「しょうかんろん、や」と雪乃が言った。

「こっちは、しんのうほんぞうきょう……。薬種の効能やら使い方やらが書いてある」

「雪乃ちゃん、こないに難しい本、読んではるん？」

貴和はすっかり驚いてしまった。

「読んではみてるけど、よう分からへん。それより、それ戻したらあんたも手伝うて」

雪乃は、縫いかけの浴衣を目で示した。まだ出来ていないらしい。

「お絹がとうとう音を上げてしもうた」

――嬢はん、もう勘弁しておくれやす。わてかて忙しゅうおます――

「ほんまのこと言うとな。志保ちゃんの浴衣も、ほとんどお絹に縫って貰うてたんや」

　雪乃は貴和に白状した。

「せやけど、縫い目のこと……」

　志保は縫い目で雪乃の手縫いだと思ったのだ。

「たまたまうちが縫ってたところを、志保ちゃんが見つけただけや」

　雪乃は本当に裁縫が苦手なようだった。


　書庫は薄暗い。障子を思い切り開いても、光の届かないところがある。本棚に積まれた何冊もの本はどれも難しい漢字が多く、貴和には読めなかった。明るい所にあった棚に二冊の本を乗せた。目立つ所ならば欲しい人がすぐに手に取れるだろう、そう思ったのだ。

──（……や、ない）──

　ふいに誰かの声が聞こえたような気がした。

　慌てて声のした方を見ると、廊下に燕児が立っていた。燕児は中へ入って来ると、貴和の手から本を取り上げた。題名にさっと目を通し、手際よく本来の場所に戻して行く。

「今、何か言わはった？」

貴和は燕児に問いかけた。どう見ても他に人の姿はない。

燕児は少し眉根を寄せ、怪訝そうに貴和を見た。

「せやった。燕児さんが話す筈はなかったんや」

貴和は独り言を呟いてから、以前から思っていたことを聞いてみることにした。

「子供の頃、八幡様の境内で会うた時のことやけど」

そこで貴和は一旦言葉を切り、燕児の様子を窺った。燕児はどうやら貴和の話を聞いてくれるらしい。真摯な眼差しを貴和に向けていた。

「お母はんがおらんようになったうちの所へ来て、『お母はんには、必ず会える』て、そない言うてくれたこと、覚えてはる？」

燕児はわずかに視線を泳がせてから、すぐに「うん」と言うように頷いた。

「今も、そない思てはる？　お母はんがうちの所へ戻って来るて……」

燕児はじっと貴和を見ていた。あまりにも見つめてくるので、貴和はしだいに居たたまれなくなっていた。

「堪忍な。答えとうてもできひんのやった。ここには紙も筆もないさかい……」

貴和は無理やり笑顔を作ると、その場を離れようとした。

――（貴和ちゃん、待って）――

再び声が聞こえたような気がした。思わず足を止めた貴和の手を、燕児が掴んだその瞬間だった。

まるで雷にでも触れたような強い衝撃が、貴和の腕に走った。驚いて燕児を振り払おうとした時、貴和の身体が傍らの本棚に当たった。

――（あぶないっ）――

頭の中で、声がはっきりと響いた。燕児が貴和の身体を抱え込むのと、本棚が倒れて来るのがほぼ同時であった。

次の瞬間、燕児に抱かれたまま床の上に転がった貴和は、覆いかぶさるように落ちて来た本の波の中に、たちまち埋もれてしまったのだ。

気が付けば、周囲は夜のように暗くなっていた。ついさっきまであった幾つもの棚も、数々の本もきれいに消えてなくなっていた。

それればかりか、とても寒い。まるで真冬の最中に浴衣一枚で放り出されているようだった。

貴和は震えながら辺りを見回した。すると、一本の蠟燭（ろうそく）の明かりが見えた。そこは、さほど広くない建物の中だった。夢でも見ているのか、と思ったが、足元の床板から冷気が這（は）い上がって来て、今にも凍えてしまいそうだった。

よく見ると、揺れる明かりの中に、一人の子供がいる。子供の前には祭壇があり、仏像のような物が置かれてあった。

（お祈りでもしてるんやろか？）

この寒さの中、子供は一心不乱に祈っている。ぶつぶつと呟く声が貴和の耳にも届いて来た。

「お母はんの病が、治りますように。どうか、お母はんを助けて下さい」

子供はそう何度も繰り返している。十歳ぐらいの男の子のようだった。

（真冬の御堂（みどう）で、祈願しているんやろか）

と、思った時、貴和はあることに気づいた。

（せやったら、まるで燕児さんの話のようや）

燕児は十歳の時、母親の病が治るよう火伏堂に籠って祈願した。母親は助かったが、燕児はそれから一切言葉を話さなくなった。

（ここは火伏堂なんやろか。うちは、なんでここに？）

貴和には全く訳が分からず、ただ恐ろしくて一刻も早くこの場から去りたくなった。だが、扉を開けて外に出たからといって、元の白香堂に戻れるとは限らない。

困惑していると、ふいに空気が変わった。

寒さが一層増して来たようだった。これでは、幼い子供が無事ではいられない。貴和は、思わず燕児の許へ駆け寄ろうとした、その時だ。

突然、燕児の正面の壁に、黒い人の影が浮かんだ。最初は切り紙のようだったその影が、しだいに人の厚みを増し、やがて何者かが仏像の後ろに立ちはだかっているのが見えた。

――そなたの願いを叶えてやろう――

人影はゆらゆらと揺れながら、燕児に言った。まるで地の底から湧き上がって来るような声だ。

――母を助ける方法が二つある。一つは、そなたが母の命を飲み込むことだ。そなたの中で母の命は守られる。ただし、言葉を発せば、その命を吐き出すことになる。そうなれば、そなたの母は命を失うのだ――

「もう一つは……」

今にも倒れそうな身体で、燕児はかすれた声で問いかけていた。

――この杖を、目覚めさせるのだ――

人影はそう言って片手を前に突き出した。その手に一本の杖を握っている。

杖を見た貴和は、危うく声を上げそうになった。見覚えがあったのだ。

木の枝を伐って、皮を剥いだだけの生木の杖だ。表面に閉じた目のような節が幾つか付いている。

(節は七つある)

貴和ははっきりと思い出した。幼い頃、母と貴和の前に現れた鞍馬法師も、同じような杖を手にしていた。あの時の節の数も……。

(七つや)

――この杖は、天狗秘杖(てんぐひじょう)というて、命の生死を司る力がある。この杖が目覚めれば、いかなる病も治すことができるのだ――

「せやったら、その杖で、お母はんも……」

――この杖は眠っておる。「根」が抜けているからだ。目覚めさせねば思うような力は現れぬ。根を隠したのは、そなたの前身だ。それを探し出せれば、そなたの母だけではなく、多くの病に苦しむ者を助けることができよう――

「もし、見つからへんかったら？」

――生音を呑みて、死音を吐く。一言でも言葉を漏らせば、そなたの母は、死ぬ――

黒い人影は闇よりも黒い炎を全身に纏いながら消えていった。

貴和は身体の震えが止まらなくなった。寒さのせいではない。あの人影の正体が鞍馬法師だと分かったからだ。

突然、どんと音がした。見ると燕児が床に倒れていた。貴和は急いで燕児の側に行くと、その小さな身体を抱き起こしていた。

「燕児さん、燕児さん、しっかりするんや」

燕児の身体はすっかり冷え切り、まるで氷の人形のようだった。貴和はしっかりと燕児を抱きしめると、少しでも温めようと、腕や足をさすり始めた。

「しっかりするんや。目を開けて、燕児さん……」

「貴和ちゃん、貴和ちゃん」

誰かに揺り動かされて、貴和はハッと目を開いた。

雪乃の心配そうな顔が目の前にある。貴和が慌てて飛び起きると、そこは雪乃の部屋だった。

「雪乃ちゃん、燕児さんが……」

貴和は辺りを見回した。さっきまでいた筈の子供の燕児がいない。

「燕児のことよりも、自分のことを心配しいや」

呆れたように雪乃は言った。

「お父はんが燕児を呼んではったんで、書庫に行ってみたら、二人して棚の下敷きになってるんやもの。ほんまにびっくりしたわ」

(そうやった。本の棚が倒れてきたんや)

貴和はやっと思い出した。貴和を庇った燕児の上に棚が倒れ、本が雪崩のように落ちて来た……。

「燕児さんは、どないしたん?」

雪乃に尋ねると、「大事ないて思うんやけど……」と、案ずるような顔で首を傾げた。

「背中や肩に打ち身をこしらえてるだけや、てお父はんは言うてんのやけど、一向に目を覚まさへんのや」

そう言ってから、雪乃は貴和の顔を覗き込んで来た。

「打ちどころが悪いと、気を失ったまま死ぬこともあるそうや。貴和ちゃんだけでも、気がついて良かったわ」

安堵の吐息を漏らしながらも、雪乃の顔は暗い。燕児の身を案じているのだろう。

「燕児さんに会わせて」

だが、まだ頭の芯がクラクラしている。

「もう少し寝てた方がええんと違う？」

雪乃は止めたが、貴和はどうしても燕児に会いたかった。会って、自分が見た夢の正体を確かめたかったのだ。

「燕児は離れや」

やがて雪乃は諦めたように言って、貴和の身体を支えてくれた。

（あれはただの夢やない）

あれは紛れもなく燕児であった。雪乃から以前聞いたように、十歳の燕児は火伏堂で、母親の命を助けてくれと祈り続けていた。

冷え切った小さな身体を、貴和の両腕がはっきりと覚えていた。いや、それよりも大事なことは、燕児の前に現れたのが、あの黒笠の法師であったことだ。

（燕児さんも、鞍馬法師に関わってはる）

そのことも気になったが、何よりも燕児の怪我の具合が案じられた。

「貴和さん、気が付かはったんか」

燕児の傍らには慈庵がいた。貴和を見て安心したように表情を和らげた。

「燕児さんは、どないどす？」

貴和は慈庵に尋ねてから、布団に寝かされている燕児の顔に視線を落とした。

燕児はただ眠っているように見える。

「怪我も打ち身くらいやし、案ずることはあらへん。その内、目も覚めるやろ」

貴和は燕児の顔を覗き込んだ。そうしていると、御堂で凍え切った子供の燕児を抱きしめていたことは、やはりただの夢に過ぎないようにも思えてくる。

（うちは、燕児さんが火伏堂に籠ってはったことを、雪乃ちゃんから聞いてたんや。

鞍馬法師の姿も、うちが勝手に頭の中で作った夢なんかも知れん）

しかし、そう考えるには、すべてがあまりにも生々しかった。

「ほな、燕児の世話を頼んでええか？」

慈庵が雪乃に言った。

「わしは、奉行所に行かなあかんさかい……」

「貴和ちゃんも目を覚ましたことやし、もう大丈夫や」

それから雪乃は貴和を見た。

「貴和ちゃん、燕児を見ててくれはる？」

貴和は「うん」と頷いた。

出掛ける慈庵を見送りに、雪乃は部屋を出て行った。貴和は二人きりになると、燕児の手をそっと握った。

「燕児さん、早う目を覚まして。どうしても確かめなあかんことがあるんや」

貴和が語りかけると、燕児の目がうっすらと開いた。

――（……やっぱり、貴和……ちゃんやったんや）――

そんな声がふいに聞こえた。

「燕児さん、今、何か言うたん？」

空耳ではなかった。確かに貴和には声が聞こえたのだ。

燕児の両目がパッと開いた。貴和の顔が眼前にあったことに驚いたのか、燕児は突然半身を起こすと、何かを言おうとするように、その口を開いたのだ。

貴和は急いで手で燕児の口を塞いでいた。

「何も言うたらあかん。声に出さんでも、きっとうちには聞こえてる」

——（私は、何も、言うてへん）——

「せやけど、今、『やっぱり、貴和ちゃんやったんや』て、そない聞こえた」

燕児は困惑したように首を傾げた。いったい何が起こっているのか、貴和と同じで燕児にも分かってはいないようだ。

「気を失っていた間に夢を見ていたんや。寒い中、一人の子供が御堂で仏さんを拝んでるんや。子供の頃の燕児さんのようやった」

貴和の言葉に、燕児は小さく頷いた。

——（あ……の時、女の、人がいたんを……覚えてる。貴和ちゃんをみて、ずっ……と、気になって……たんや、けど。ありえ、へん……話、やて、思う、てた）——

「不思議やてうちかて思う。せやけど、そないなことより御堂に現れた人影や」

――（あれ、は、愛宕権現の姿、やと。火伏、堂……に、祀ってあるさかい）――

「あれは鞍馬法師や。正体はよう分からんけど、怖ろしいモノなんや」

人の姿をしているが、人の顔をしていない、あれは、「恐怖」そのものだ。

「それだけやあらへん。うちは……」

貴和は一瞬迷ってから言葉を飲み込んでいた。なぜ鞍馬法師が貴和を追ってくるのか、未だに理由がよく分からないのだ。

「せやけど、天狗秘杖、てなんやろ」

貴和は燕児に問うてみたが、燕児からの返答はなかった。燕児は困惑したように貴和を見つめるばかりだ。

「天狗秘杖があれば、どないな病も治せるて言うてた。燕児さんがしゃべったかて、お母はんは死ぬことはない、て」

――（根、が、抜けてる、て、そない言うてた）――

「まるで燕児さんが隠したような口ぶりやった」

貴和はそう言ってから、燕児に尋ねた。

「前身、て、なんのことやろ」

燕児にも分からないのか、ただ小さくかぶりを振っただけだった。

廊下で足音がして、雪乃が戻って来た。雪乃は燕児が起き上がっているのを見て、安堵したようにほっと吐息を漏らした。

「貴和ちゃんは、もう帰り。うちのもんに送らせるさかいに……」

まだ表は明るいようだったが、梅雨空は、時がどうしても測りにくくなる。

「辻斬りがまた出たらしいんや。それで、お父はんはお奉行所に行かはった。お父はんが燕児も連れて行くて言わはるさかい、書庫に行ったら、二人して本に埋もれてたんや。まるで書庫にだけ地震が起こったようやったわ」

すぐに店の者を呼んで助け出したが、燕児も貴和も意識がない。そのため、慈庵は一時ばかり足止めを食ったのだと言う。

「うちが悪いんや。棚にぶつかって倒してしもうた」

燕児の手が触れただけで、なぜあれほどの衝撃があったのかは分からないままだったが、夢のことと言い、燕児の心の声が聞こえることと言い、二人の間を繋ぐ何かがあるのかも知れなかった。

「燕児さんが、うちを庇うてくれはったんや。おおきになあ」

貴和は改めて燕児に礼を言った。

「何事ものうて良かったわ」

と言ってから、雪乃は燕児に視線を移す。

「今夜はうちに泊まるんやで。縁見屋へは、使いをやってあるさかいに……」


家までは孝吉が送ってくれた。元々、さほど遠い所ではなかったが、孝吉の話を聞いていると瞬く間に家に着いてしまった。

孝吉は話し好きだった。客受けも良いし、口が上手いので女子衆にも受けが良い。色白の面長の顔とキリリとした眉、通った鼻筋と、そこそこ男ぶりも良いのだが、口の軽さが少しばかり祟っているようだ。一緒にいると楽しいので、貴和は嫌いではない。

「慈庵先生、また死人の検分に行かはったんやて？」

雪乃の言葉を思い出して、貴和は孝吉に尋ねていた。

「辻斬りに遭うたてことやけどなあ。前の時と同じで、今度も殺されたもんの身元は分からへんのやろなあ」

「殺されたんは、男の人やの？　それとも……」

「おなごや。それも若い娘や」

酷いこっちゃ、と孝吉は眉根を寄せてかぶりを振った。

「せやさかい、慈庵先生も嬢はんの外出にええ顔をせえへんのや。貴和ちゃんかて、気を付けなあかんで」

「若い娘さんやのに、身元が分からへんの」

娘が行方知れずになったのならば、当然、家族が町方に届ける筈だ。たとえ色町の女や、店に勤めている女子衆であったとしても、雇い主が申し出るだろう。

「町方は人相絵を描かせて、京中の口入屋に配ってはるらしいわ。燕児さんの実家の縁見屋さんにも、人相絵が回ってきたそうや」

「どないな殺され方やったん？」

あまり聞きたい話ではなかったが、貴和は孝吉に問いかけてみた。ふと、夕斎の描いているという芝居絵のことが頭に浮かんだのだ。

だが、孝吉はそこまでは知らないようだった。

「慈庵先生は、詳しい話はしてはらへんかった。辻斬りが出たさかい、夜は出歩かん方がええ、て、そない言わはっただけや」


孝吉と家の前で別れた貴和は、戸を開けようとして夕斎とぶつかりそうになった。

「なんや、貴和か。ええところに帰って来た」

夕斎はどうやら出かけるところであったらしい。

「もうじき日が暮れるていうのに、どこへ行かはるん？」

貴和は怪訝な思いで父親に尋ねた。

「また辻斬りやそうや。夜は外へ出ん方がええ」

「これから須弥屋へ行くんや。当分、帰らへんさかいな」

夕斎は、その手に風呂敷包みを持っている。

「幸右衛門はんが、早う絵を完成させてくれ、て言うてはるんや。わしのために家まで用意してくれてなあ。しばらく住み込むことになった」

「あの芝居絵のこと？」

「せや。絵の道具もすべて向こうに置いてある。岩絵具かて、高いのんを買うてくれてはんのや。お前に文を残しておいたけどな、会えてよかったわ」

夕斎が須弥屋の許へ行く……。

貴和はなんだか胸の中がざわついた。

「お父はん、何も住み込まんかてええんやないの。ここでも絵は描けるやろし」

(須弥屋には鞍馬法師がいてる)

それを思うと、貴和はなんとしてでも夕斎を止めたかった。

「うちが一人になってしまう。お父はんは心配やないん？　若い娘を一人で残して」

「何を言うてんのや」

夕斎は呆れたように貴和を見た。

「辻斬りは、家の中まで入っては来いひん。それに、裏隣にはお前が仲良うしとる行者がいてるやないか。何かあったら浄雲を頼ったらええ」

夕斎は妙にそわそわしていた。一刻も早く出て行きたいようだ。それほど今回の芝居絵に入れ込んでいるのだろう。

貴和は諦めるしかないと思った。とりあえず、今日のところは夕斎の好きなようにさせるしかないようだ。

（浄雲さんに、相談してみよう）

貴和自ら須弥屋へ足を運ぶことはできなかった。鞍馬法師と須弥屋との関わりも、詳しいことは分かってはいない。

いずれにしても、須弥屋では夕斎に芝居絵を描かせたいらしい。一組を何枚にするのかは分からなかったが、まだまだ猶予はあるだろう。

日がすっかり落ちた頃、浄雲が勝手口から入って来た。

「鞍馬法師のことだが」

と、浄雲は貴和を見るなりすぐに口火を切った。

「天明八年の大火の後に疱瘡が流行った時、鞍馬法師が祈禱で病を治した話を知っているか？」

「白香堂で、その話を聞かせて貰うた。須弥屋が間で口利きしてたそうや」

そう言ってから、貴和は戸惑いを覚えて浄雲を見た。

「お金も取らんと病を治したんやったら、その法師はええ人なんやろ」

良い人なら、なぜ貴和を追って来るのだろう？　それとも、たまたま黒笠に法師姿だったので、貴和が勝手に同じ人物だと思い込んでいるのかも知れない。

（何もかも、うちの思い過ごしなんやろか）

（せやけど）と、貴和は改めて思い直していた。十歳の燕児の前に現れ、母親の病を治す手立てを教えたのは、確かに貴和の知っている鞍馬法師だった。

何よりも、手にしていた杖が同じだ。適当に枝を払って皮を剝げば、似たような杖ぐらい作れるだろう。

だが、あの七つの節は……。

「てんぐひじょう……」

思わず貴和は呟いていた。

「確か、そない言うてた。天狗秘杖、て」

途端に、浄雲の顔色が変わった。

「どこで、それを……」

「夢の中で」と言いかけて、貴和は首を傾げた。

果たして、あれを夢と呼んでよいのだろうか……。

十歳の燕児は火伏堂で今の貴和を見ていた。寒さのあまり凍え切った小さな身体を、必死に温めていたのは貴和だった。

「貴和ちゃん、話してくれ」

浄雲が促した。

貴和は昼間の出来事を浄雲に話した。なぜか燕児の心の声が聞こえることも……。

「その夢の中で、鞍馬法師は天狗秘杖には根がない、て言うてたんや。根があれば、天狗秘杖でどないな病も治せるて……」

貴和は改めて浄雲の顔に目をやった。

「その杖があれば、志保さんの病も治せるん？」

「秘杖は生気と幽気に力を及ぼす。生気を強めれば寿命も延びる。反対に幽気が強くなれば、たちまち死に至る」

浄雲は重々しい声で言った。

「なんや、怖いな。人を生かすことも、殺すこともできるやなんて」

「天狗秘杖を扱えるのは、天行者だけだ」

「てんぎょう、じゃ？」

「『天行者』、または『天鬼（てんぎ）』とも言う。人の世に言う『天狗』のことだ」

浄雲はゆっくりと、言葉を噛（か）み締めるように語り出した。

「通常の修験の行者を『地行者（ちぎょうじゃ）』と言う。修行を極めた地行者の中には、山野の神霊と一体となる者がいる。己の魂と神霊とが、人の器の中で溶け合い一つになるのだ。これを『鬼霊（きみ）』と言う。つまり、鬼霊を持つ者が天行者なのだ」

「せやったら、天狗秘杖は、天行者の杖？」

貴和が念を押すと、浄雲は大きく頷いた。

「天狗秘杖は、己の主である天行者と共にある。たとえ手から離れることはあっても、主の意志とは常に繋がっているのだ。だが……」

と、浄雲は眉の辺りを曇らせた。

「秘杖が主を失った時は別だ」

「主を失う、てどういうこと？」

「主である天行者の鬼霊が消えた時だ。それは、神霊が人の魂から離れ、天地（あめつち）に還ってしまった時だ」

「なんでそないなことに？」

「天行者が……、掟を破ってしまったからだろう」

浄雲は言葉を濁すと、すぐに「俺が山で修行していた折に、聞いた話だ」と言った。

「浄雲さんも、地行者なん？」

「修験の行者は、皆そうだ。いずれ修行を極めて天行者になりたいと願っている。深い山には、この世とあの世を繋ぐ道があるという。その道を行き来できるのが、天鬼だというからな」

「生きている内から、『あの世』なんぞ見てみたいものなんやろうか」

貴和は疑問を口にする。生きている限り「この世」だけで充分ではないか。

すると、浄雲はハハと笑った。

「貴和ちゃんの言う通りだ。人は与えられた世を精一杯生きていれば良い。だが、それだけでは満足できぬ者もいるのだ。たとえば、鞍馬法師のような……」

「鞍馬法師は、天行者なん？」

「そうとは言えまい。根を探しているのなら、秘杖は鞍馬法師の物ではない」

「根を抜いたのは、燕児さんの『前身』やて言うてた。どういうことやろ？」

浄雲はなぜか無言になった。妙に気難しい顔になり、何か考え込んでいる様子だ。

待ちくたびれた貴和が声をかけようとした時、ふいに浄雲が顔を上げた。

「燕児とは何者だ？」

貴和はその時、これまで浄雲に燕児の話をあまりしていなかったのを思い出した。

今日の出来事がなければ、燕児の名を口にすることもなかったかも知れない。

「白香堂の慈庵先生のお弟子で、親戚筋の子なんや。うちよりも一つ年下や。ほんまは燕一郎なんやけど、皆、燕児さんて呼んではる」

「貴和ちゃんと、心で話ができるのか」

「信じられん話やけど、どうもそうらしい」

浄雲は腰を上げると、「一つ教えてくれ」と言った。

「貴和ちゃんが見た天狗秘杖には、節はなかったか？」

「あった。七つや」と貴和ははっきりと答えた。今なら確信を持って言える。

「七つ節か」

浄雲はぽつりと呟くと、すぐに「須弥屋のことだが」と言葉を続けた。

「夕斎殿も、絵の仕事は断った方が良いようだ。四条の芝居小屋を幾つか訪ねてみたが、『刀風萩の乱れ』などという芝居の興行の話は聞かなかった。そればかりか、須弥屋の幸右衛門に贔屓の役者などいないそうだ。商売柄、どこぞ藩の役人を芝居に招待することはあっても、本人はさほど興味はないらしい」

「せやけど、お父はんは、今日から須弥屋に住み込んで仕事をする、て」

「須弥屋へ行ったのか？」

浄雲は声音を強めた。

「須弥屋が絵を描くための家を用意してくれた、て張り切ってはった。絵具も紙もええのんを揃えてくれてる、て……」

貴和はしだいに不安になって来た。浄雲の話が真実ならば、須弥屋が父に芝居絵を描かせているのには別の理由がありそうだ。

「達磨堂が何か知ってるかも知れん」

貴和は絵の仲介をしたのが達磨堂だったことを思い出した。

「その芝居絵を『怖絵』として売り出す、て話をお父はんとしてたらしい」

「達磨堂にも当たってみよう。後は俺に任せて、貴和ちゃんもその燕児も、鞍馬法師と須弥屋へは近づかぬ方が良い」

貴和としても、鞍馬法師には会いたくなかった。それに子供の頃の燕児にまで関わっていたのだ。燕児も警戒した方が良いように思える。たとえ、燕児の母親の病を治したのが鞍馬法師であったとしても……。

そう思った時、貴和は愕然とした。

「志保さんは鞍馬法師の祈禱を受けはるんや。大丈夫なんやろか、浄雲さん」

「病を治すというのは本当だろう。気になるのは、その方法だ」

浄雲は珍しく険しい顔で言った。

怖絵師

其の一

その方法……。

帰り際に浄雲の残した言葉は、翌朝になっても貴和の頭の中を離れなかった。

浄雲のやっている「狐落とし」は、人に取り憑き、生気を弱らせる悪い念を取り除くことで、病を治すというものだ。当然、生気の強さは一人一人違うものであるし、幽気が勝れば、死に至ってしまう。

だが、その「狐落とし」も、労咳のような死病にまで効果があるとは限らないのは、志保の祈禱を頼んだ時の浄雲の口ぶりにも表れていた。

――自ら生きたい、治りたい、という強い想いがあれば……――

誰しも死にたくはないだろう。誰しも生きていたい筈だ。浄雲は、「想いの強さ」を言うが、どれほど「生きたい」と望んでいても、やはり運命には逆らえまい。

労咳も疱瘡も、人を死へと誘う運命なのだ、と貴和は思った。その運命を変える力を、鞍馬法師が持っているというのだ。

天狗秘杖には生死を司る力がある。ならば、鞍馬法師は杖の力で人の病を治しているのだろうか。しかし、秘杖には「根」というものがないらしい。根がなければ、秘杖の力は思うように発揮できない。だからこそ、鞍馬法師は秘杖の根を求めている。

その根の行方を知っているのは、燕児だ。いや、正確には燕児の「前身」だ。その意味を燕児が知っている風には到底見えない。何よりも、もし燕児にすべてが分かっているのなら、自ら天狗秘杖を手に入れて、普通に言葉を話している筈なのだ。

「貴和ちゃん、さっきから手が止まってるえ」

雪乃の咎めるような声に、貴和は我に返った。その日、白香堂へ来た貴和は、待ち構えていた雪乃に浴衣作りを手伝わされていたのだ。

朝から雨が降っていた。雪乃の部屋からは簾越しに一群れの紫陽花が見える。しっとりと濡れた緑の中に、淡い赤紫の色合いが華やいで見えた。

(あれが、生気の強さなんやろうか)

命を輝かせる、生気。枯らせてしまう、幽気……。

(命の生と死を司る『力』て、いったいなんやろ)

「綺麗やろう」

雪乃は針をツンと針山に突き刺すと、うーんと背伸びをした。なかなか浴衣が縫い上がらないのは、長い間その場に座っている堪え性がないからだろう、と貴和は思う。

「毎年、あの紫陽花だけは長い間、咲き続けてるんや」

庭を挟んで離れがあった。簾の向こうに人影が見える。燕児が本を読んでいるのだろう。

「燕児もあの花はお気に入りや」

雪乃はそう言って、両足を伸ばした。

「燕児さん、昨日、あれから大丈夫やったん?」

燕児に庇って貰ったお陰で、貴和は無傷だった。だが、燕児は相当打ち身をこしらえたようだ。

「青あざも一晩で消えたわ。痛みもないようや。治りが早い、てお父はんも驚いてはった」

うちの店の膏薬(こうやく)がよう効いたんやろ、と雪乃はクスクスと笑った。

「雪乃ちゃん、機嫌がええなあ」

貴和は思わず雪乃に言った。

「鞍馬法師のことやけどな」

雪乃は着物の裾を直して、貴和の前に座り直した。

「お父はんに聞いてみたんや」

「慈庵先生は、あんまり祈禱とかは信じてはらへんやろ」

貴和がそう言うと、雪乃も「そうや」と頷いた。

「天明八年の大火の後に、疱瘡が流行ったこと、貴和ちゃんは知ってはる？」

「その話は、うちも聞いた」

「うちは、まだ小そうて……」

雪乃は貴和よりも三つ年上だった。天明八年ならば、まだ三歳だ。

「火事の後、白香堂を建て直す間、伏見の母方の実家にいたんやそうや。その折に、疱瘡に罹って……」

「えっ」と貴和は思わず声を上げていた。

「疱瘡て、雪乃ちゃんが……」

「せやねん」と雪乃は頷いた。

「うちは死にかけてたらしい。お父はんもお祖父はんも、白香堂の改築で京にいてた。

お母はんも伏見の家族もどないしたらええか分からへん。そないな時に、お祖父はんが鞍馬法師の噂を耳にしたんや」

――鞍馬のえらいお坊様が伏見に来てはってな。祈禱で疱瘡を治さはるそうや――

その法師は、すでに京で、何人もの病人を助けているのだと言う。

「雪乃ちゃんは、鞍馬法師に疱瘡を治して貰うてたん？」

貴和は唖然とする。

「お父はんに、志保ちゃんが鞍馬法師の祈禱を受けることになった、て言うたら、その話をしてくれたんや」

「慈庵先生は、祈禱の類は嫌いやなかった？」

「医者なんやもん、認めとうはないやろ。せやけど、鞍馬法師が疱瘡を治してたんは間違いない、て言うてはった。ほら、見てみ」

と、雪乃は自分の顔を貴和の前に突き出して来た。目鼻立ちの整った、色白の肌理の細かい綺麗な顔だ。

「疱痕一つ残ってへんやろ。命が助かっても顔に痕が残るんやないかて、皆、心配してたらしいわ」

「ただ」と雪乃は少し寂しそうな顔になる。

「翌年、お母はんが労咳で亡くなったんや。鞍馬法師がいてたら、助かったかも知れへんのにな」

「せやさかい」と、少し湿っぽくなった自分自身を励ますように雪乃は明るい声で言った。

「志保ちゃんも、きっと助かる。鞍馬法師が祈禱してくれはるんやもん」

嬉しそうにしている雪乃を、貴和は複雑な思いで見つめているしかなかった。

その日の午後、貴和が帰る頃、まだ雨は降っていた。傘を広げて白香堂を出た貴和は、目の前を行く若者に気が付いた。

傘を差して歩く後ろ姿が燕児に似ている。貴和は、その時、鞍馬法師のことを話しておくのは今だと思った。浄雲の忠告を伝えるには、貴和が法師を怖れている理由をも話しておかなければならない。白香堂では、二言、三言は交わせても、長話は無理だった。

口さがない女子衆の目にでも留まれば、何を言い触らされるか分からない。

貴和は燕児に追いつこうと、足を速めた。ところが、燕児はどんどん先に行ってしまい、なかなか追いつけない。声をかけたくても、しだいに間が開くので、ついて行くのに精一杯だった。

やがて貴和はあることに気が付いた。燕児は家のある堀川通ではなく、反対の鴨川へ向かっているのだ。

燕児は御池通から寺町通に入るとそのまま南に下った。四条通に出ると、さらに東へと向かい四条橋のたもとまでやって来た。

すでに雨は上がっていた。驚いたことに、辺りがすっかり夜の景色に変わっている。雲間から月が覗いていた。満月の二日後、十七日の月だ。わずかに欠けているが、充分に明るい。

(さっきまで、まだ日はあったのに……)

不思議なことに、夕暮れの記憶がない。幾ら天気が悪くても、暗く陰って来たなら分かりそうなものだ。それに、何よりも戸惑ったのは、いつの間にか燕児の姿が消えていたことだ。

貴和は急に怖くなった。深夜、人通りのすっかり途絶えた四条橋にいるのだ。辻斬り騒ぎで客が減り、川向こうの祇園界隈も早くに店を閉ざしているのだろう。

本来なら賑わいが伝わって来るような提灯の明かりも、すっかり消えてしまっている。

貴和は家へ帰ろうと思った。ところが、慌てた拍子に足を滑らせてしまったのだ。しっとりと湿った草に足を取られ、貴和はそのまま土手を転がり落ちて行った。

叢の間に、所々石ころが剝き出しになっている。鋭い草の葉で両腕や足のあちこちが切れ、石に肩や腰を打ち付けた。夢ならば、その痛みで目覚める筈なのだ。

しかし、聞こえて来る川の流れの音と、湿り気を帯びた匂いは、紛れもなく、ここが深夜の四条河原なのを告げていた。

背中を強く打ったせいか、しばらく呼吸が乱れて起き上がれなかった。

その時だった。ザリッという小石を踏む音がした。

ザリッ、ザリッ、ザリッ……。音はしだいに近づいて来て、うつ伏せに倒れていた貴和の傍らで止まった。

このような時刻に、このような場所で出会う人物が、到底、善人であるとは思えなかった。次に起こることが頭に浮かび、貴和は恐怖で身体が固まってしまった。逃げなければ、と思えば思うほど身体が動かない。

それでも貴和はなんとか顔を上げた。今、自分の運命を握っている者の正体を見極めなければ、と思ったのだ。

最初に目に入ったのは、ブラリと下げられた手が握っている抜き身の刀であった。刃は月の光に照らされて白く浮き上がっている。さらに目線を上げると、着流し姿の男が立っているのが分かった。

乱れた髪が額を覆っている。陰になっていて顔はよく分からなかったが、口元だけは笑いの形に歪んでいるのがはっきりと分かった。

刀風……。その言葉が咄嗟に胸に浮かんだ。父の怖絵で見た、血刀を下げた辻斬りの姿が、眼前にいる男と重なっていた。

（逃げなければ……）

死にたくないと思う気持ちが、貴和に力を与えた。貴和は這うようにしてその場から離れようとした。

いきなり背中に強い衝撃があった。息が止まり、小石の上に顔を打ち付けていた。男の足が、貴和を踏みつけていたのだ。

続いて、男が刀を振り上げる気配が張り詰めた糸のように感じられた。

（うちは、殺される……）

抗おうにも抗えない力の前で、貴和はひたすら、これがただの悪夢であることを祈るしかなかった。

その時だった。風を裂くような力強い羽音が、頭の上を掠めていた。

ギャーッ……、という叫び声が聞こえ、それまで貴和の動きを奪っていた力が消えた。

貴和は四つん這いでその場から逃げると、すぐに身体を返して、背後に目をやった。

大きな鳥が、刀風の頭に取り付いていた。姿は鷹に見えたが、身体ははるかに大きい。

（あの時の、鳥や）

貴和の脳裏に、母と初めて鞍馬法師に出会った時のことが蘇って来た。

（あの時も、大鷹に助けられたんや）

今、その鳥が再び貴和の眼前にいた。貴和を助けようとするように、刀風に飛び掛かり、その嘴を片方の目に突き立てている。

男は必死で刀を振り回していた。やがて、大鷹は男から離れた。男は片目を押さえて、土手の深い叢の中に姿を消してしまった。

（助かった）と思った途端に、全身の力が抜けた。一刻も早くこの場から去りたかったが、貴和は、とうとう草の中に倒れ込んでしまった。

朦朧とする意識の中で、再び雨が降り始めたのを感じた。暗闇の中、何者かに身体を抱きかかえられたのは分かったが、貴和にはもう何も考えられなかった。

頬を寄せた広い胸は温かい。さっきまでの恐怖はすっかりなくなっている。

「うちを、どこへ……？」

運ばれながら、貴和は問いかけた。

「家へ帰ろう」

聞き覚えがある声だ。

（ああ、浄雲さんや）

安堵の思いが胸一杯に広がっていた。

其の二

　目覚めた貴和は、しばらくの間、天井を見つめたままぼんやりしていた。なぜ、布団に寝ているのか分からない。だが、改めて視線を巡らせると、確かにそこは自分の部屋なのだ。

（夢でも見たんやろか）

　実に怖い夢だった。何しろ辻斬りに襲われる夢なのだ。

（夢で良かった）

　ほっとして起き上がろうとすると、身体がひどく痛んだ。見ると、手足には擦り傷や打ち身の痕がある。草の葉で出来たような切り傷は無数にあった。

（これも、夢なんやろうか）

　だが、この痛みは本物だった。

「貴和ちゃん、気ぃついたんやな」

　誰かが部屋に入って来た。やっとの思いで半身を起こした貴和の前に雪乃がいた。

「どうして、雪乃ちゃんが？」

ここは白香堂なのか、と一瞬考えたが、そんな筈はない。混乱する貴和に雪乃は呆れたようにこう言った。

「ほんまに、貴和ちゃんにはハラハラさせられるわ。この前は本棚の下敷きになるし、今度は河原の土手から落ちたはるし……」

雪乃は貴和の傍らに座ると、手にしていた包みを置いた。

「打ち身と傷に効く薬を持って来たわ」

「雪乃ちゃん、うちが河原の土手から落ちた、て？」

貴和には今一つ、雪乃の話が飲み込めない。

「四条の河原にすべり落ちて、頭を打って気を失うたんや、て、浄雲さんて人がそない言うてはったえ」

やはり、昨晩、貴和を四条河原から家まで連れて来たのは浄雲だったのだ。

「今朝早うに、うちを訪ねて来はって、貴和ちゃんが怪我をしたから診てくれへんやろうか、て、お父はんに……」

「慈庵先生が来てくれはったん？」

「そうや。半時ほど前に家に戻って、薬を届けるよう孝吉に言うてはったんで、うちも一緒に来たんや。貴和ちゃんの看病しよう思うてな」

「浄雲さんは、どないしはったん？」

何よりもそれが気になった。貴和が四条河原で浄雲に助けられたのは本当のようだ。ならば、貴和が出会ったあの辻斬りも、決して夢などではない筈だ。幼い頃のように、今回もあの大鷹が危ういところを救ってくれたような気がする。

（なんで、浄雲さんが、あそこにいたんやろう）

それも謎の一つだ。

「あの人なあ、うちがここへ来たのを見て、どこかへ行かはった。うちに貴和ちゃんを任せる、言うて……」

それから雪乃は貴和の方へ顔を寄せた。

「あのお人やろ。志保ちゃんの祈禱を頼みたい、て言うてたんは……」

貴和が頷くと、雪乃はにっこりと笑った。

「お父はんは如何様やて言わはるけど、そうは見えへん。貴和ちゃんのこと、ほんまに案じてはるようやった」

「うちも頼りにしてるんや」

夕斎は父親としてはあまり頼りにはならない。むしろ貴和の方が、美津に代わって夕斎を支えてきたようなものだ。

貴和にとって、浄雲は兄のようでもあり、父親代わりでもあった。

「女の子が顔に傷をつけるやなんて……」

雪乃が貴和の頬の傷に薬を塗りながら言った。その口ぶりがなんだかおかしい。

「雪乃ちゃん、まるでお母はんみたいや」

すると雪乃は少しばかり寂しそうな顔になった。

「燕児のお母はんがそない言うて、芙由ちゃんのほっぺたに薬を塗ってはったんや」

雪乃は三歳で母親と死に別れている。そんな風に薬を塗って貰うことなどなかったのだろう。

なんとなく貴和も美津が恋しくなって来た。

「燕児さんやけど……」

しばらくの間二人で無言になっていたが、思い切って貴和は口火を切った。そもそも、貴和は燕児の後を追っていて辻斬りに遭ったのだ。

「昨日、うちが帰る時に、燕児さんはどないしてはったん？」

雪乃はわずかに首を傾げた。

「あの時分やと……、ちょっと前にお父はんと出かけてるわ」

往診の依頼があったのだと言う。

「唐物屋の娘さんが、急な病で倒れた言うて……」

唐物商「十文字屋（じゅうもんじや）」の一人娘、お春（はる）は十八歳だった。婿養子も決まり、今年の秋には婚礼を挙げるのだという。

「これまで、病一つ罹ってへんかったのになあ。早うようなるとええんやけど」

しかし、貴和は雪乃の話をほとんど聞いてはいなかった。昨日、貴和が帰る時、燕児は慈庵と共に十文字屋へ向かっていた。その事実に愕然としていたのだ。

では、いったい貴和の見た燕児は誰だったのだろうか？　誰かを見間違えたとは到底思えない。

（うちの頭が、おかしゅうなったんやろうか）

浄雲ならば、何か分かるかも知れない、そう思った。貴和が倒れていた場所に、なぜ浄雲が居合わせたのか、それも知りたかった。

その時、家の戸口が開く音がした。

「孝吉が迎えに来たんやろか」

雪乃が立ち上がって、戸口に向かった。

まもなく、「燕児やないか」という雪乃の声が聞こえた。貴和はなんとか痛みをこらえて、寝床を出た。すぐにでも燕児に、昨日のことを尋ねたかった。

思っていたより身体の節々が痛んだ。貴和は廊下に出ると柱や壁を伝いながら戸口へ向かった。

玄関先の土間に、二人が向き合って立っているのが見えた。燕児が紙を雪乃に手渡している。雪乃はさっと目を通すと、驚きの声を上げた。

「貴和ちゃんには、とても言われへん」

しっというように、燕児が指先で雪乃の口元を押さえた。燕児の視線がちらりと家の奥へ向けられる。咄嗟に貴和は柱の陰に身を隠した。

何かが起こったようだった。それも、貴和には知らせたくないことが……。

貴和は柱の陰から出ると、雪乃の方へ近寄って行った。もう身体の痛みも気にならなくなっていた。

「雪乃ちゃん、それ、見せて……」

「なんでもあらへん。お父はんからの、ただの文や」

「嘘や。二人でうちに隠し事をしてる」

貴和は雪乃の手から文を取り上げていた。さっと目を通したが、内容が全く飲み込めない。

文には、夕斎が辻斬りの下手人（げしゅにん）として捕縛されたと書かれてあったのだ。

「うちのお父はんが、下手人、て、どういうこと？」

燕児に問いかけたが、彼は困惑したように首を左右に振るだけだ。

「何かの間違いや」

雪乃が貴和を慰めるように言った。

「すぐに放免されるさかい、心配せんかてええ」

慈庵は死体検分のために奉行所へ行って、夕斎の捕縛を知った。文を燕児に持たせて貴和に知らせるように言った。

だが、燕児は雪乃が貴和の家にいたことで考えを変えた。貴和の受ける衝撃を思い、まずは雪乃だけに伝えようとしたのだ。

「お父はんは、下手人やない」

貴和は燕児と雪乃の顔を交互に見た。

「うちは知ってるんや。ほんまの下手人は……」

「貴和ちゃん」

その時、野太い声がして戸口に浄雲が現れた。貴和は裸足で土間に降りると、浄雲に縋りついていた。

「浄雲さんも下手人を見たんやろ。あの時、四条河原にいてはったんやろ?」

「落ち着け。確かに夕斎殿は下手人ではない」

「せやったら、なんで、お父はんが……」

「怖絵が証拠にされたのだ」

「あれは、ただの芝居絵……」

言いかけて、貴和は言葉を飲み込んでいた。

どこの小屋でも、「刀風萩の乱れ」の芝居が掛かる話はない……。以前、浄雲もそう言っていたではなかったか。

「達磨堂はなんて?」

芝居絵の話は、達磨堂が持ち込んで来たと聞いている。

「夕斎殿の方から怖絵を売り込んで来たと……」

「せやけど、どうして、あの絵が証拠になるん？」

貴和の頭はすっかり混乱してしまう。

「ここのところ続いた二件の辻斬りの現場と、殺された娘の容貌が、あの絵の通りなのだ」

「それだけで、お父はんが犯人とは……」

貴和は土間に崩れるように座り込んでいた。

そんな貴和を、雪乃の両手が支えてくれる。

「しっかりしい。お父はんが詳しい話を聞いて来てくれはるさかい」

慈庵も随分驚いたに違いない。貴和の父親が北川夕斎という町絵師であることは、白香堂に来て間もなくの頃、慈庵から身元を尋ねられた折に伝えておいたのだ。

「この話には裏がある。貴和ちゃん、今しばらく待ってくれ。くれぐれも軽はずみなことはするな」

貴和は顔を上げて浄雲を見た。たった今、貴和は奉行所へ行くことを考えていた。

本当の犯人は、何よりも襲われた自分自身が知っているのだ。

だが、改めて浄雲にそう言われてみると、確かに顔をはっきり見たとは言い難い。

夕斎よりも背が高く、年齢も若いということぐらいだ。それに、娘の証言を町方が信じてくれるとも思えなかった。

「浄雲さんて、言わはりましたなあ」

雪乃は冷静な声で言った。

「貴和ちゃんを、うちで預からせて貰います。一人にはしておけへんさかい」

その申し出に、それまで硬かった浄雲の表情が和らいだ。

「そうして貰えるとありがたい」

それから浄雲はちらりと燕児を見る。

「その若者を借りたいのだが……」

「燕児どすか」

雪乃は困ったように燕児を見た。

「この子は、ある事情があって話せしまへんのや。筆談でもかまへんのやったら、矢立てと紙は持ち歩いてますよって、この家の奥ででも……」

家に上がるよう勧めた雪乃の言葉を遮って、浄雲は燕児に表へ行こうと促した。

「用があるのは、お前にではない。お前の……」

浄雲は一瞬言葉を飲むと、すぐに声音を強めて「前身だ」と言った。

其の三

浄雲は燕児を伴って、貴和の家を出て行った。どこへ行くのか分からなかったが、今はそれを知りたいとも思わなかった。雪乃は面食らったように、出て行く二人の姿を見ていた。

（なんで、こないなことになってしもうたんやろう）

夕斎は達磨堂から、須弥屋の主人、幸右衛門が、贔屓にしている役者の出る芝居の絵を描く絵師を捜している、と聞かされた。須弥屋は、かつて夕斎の絵を貶し、京の画壇にいられなくした張本人だ。

夕斎が話を引き受けた背景には、須弥屋の鼻を明かしたいという強い想いがあった。

さらに達磨堂は、その芝居絵を怖絵として売り出すことを勧めた。夕斎としては名を上げる機会でもあった。

（お父はんは、どうやってあの絵を描いたんやろう）

怖絵が何枚あるのかは分からなかったが、少なくとも、その内の二枚は、辻斬りの事件を彷彿(ほうふつ)させる物だったらしい。芝居の内容も「刀風」という辻斬りの話だった。実際に事件が起こっていれば、それだけ人々の関心も引き易い。興行すれば、客は入るだろうし、怖絵も売れる……。

そういった流れに、理屈は通っていた。

ところが、浄雲は「刀風萩の乱れ」の芝居興行の話はないと言う。須弥屋の幸右衛門も、さほど芝居好きでもなければ、贔屓の役者もいないらしい。

（何もかも話が違う）

須弥屋はわざわざ家を借りてまで、夕斎に怖絵を描かせようとした。その怖絵が証拠となって、夕斎は辻斬りの下手人にされてしまった。

夕斎の想像だけで、どこまで真実に迫れるものだろうか。しかし、夕斎は絵師だ。誰かの語った話ならば、忠実に絵にすることはできる。

（ほんまの犯人が、お父はんに罪を着せようとしてるんや）

それだけは貴和にも確信が持てた。

――この話には裏がある――

浄雲も言っていたように、明らかに北川夕斎は陥れられたに違いない。

（いったい、誰に？）

考えるまでもない。本当の刀風だ。

達磨堂も須弥屋も刀風と関わりがあるのだろうか。では、須弥屋にいるという鞍馬法師は……？

（そう言えば、雪乃ちゃんも、鞍馬法師に助けられたんや）

そうして、法師は今度は志保を労咳から救うという。

（鞍馬法師て、ほんまに何もんなんやろう）

すべての話を辿ってみれば、その中心には必ず鞍馬法師がいた。

「貴和ちゃん、寝てなあかんえ」

雪乃が盆を手に入って来た。貴和は今、白香堂の離れにいた。ここは静かで、店の喧騒も届かない。貴和は起き上がって、庭の紫陽花を眺めながら考え事に耽っていた。

すでに日も落ちかけている。雪乃は粥の入った椀を貴和の前に置いた。

「お千与さんが作ってくれた。魚の煮つけと青菜の煮びたしもある」

「慈庵先生は、帰って来てはる？」

一刻も早く、慈庵から父の様子を聞きたかった。

「戻ってはる。夕餉が済んだらここへ来るそうや。貴和ちゃんがこれを食べたら、呼んでくるさかい……」

貴和は急いで食事を取った。せっかくのお千与の料理も味がしなかった。夕斎の置かれた状況を知りたい一心で、貴和は箸を口に運んでいた。

「夕斎はんの冤罪はすぐにはっきりするさかい、貴和さんは心配せんかてええ」

慈庵は貴和の前で、そう言い切ってくれた。

「何か手立てはあるん？」

雪乃が聞いた。

「二件の死体の検分をしたが、どちらも刀で斬られて殺されてるんや。めった斬りにされてはいるが、あれは、刀を扱えるもんの仕業や。切り口の刃の跡を見たら分かる」

素人が刀を振れば、綺麗にすっぱりとは切れないものや、と慈庵は語った。

「どうしても、叩き切ったような跡になるんや。刺し傷やと、包丁も刀も区別はし難くなるんやが、今回の辻斬りは、明らかに刀による犯行や。せやったら相当な腕の持ち主でないと、あないな傷にはならへん」

「下手人は、侍、てことどすか」

貴和の問いに、慈庵は「そうだ」と言うように大きく頷いていた。

「夕斎殿にできることではあるまい。町人が刀を使うても、力任せに振り回すのがせいぜいや」

慈庵は、すでにそのことを奉行にも伝えていると言う。

「夕斎はん自身も、認めてへんのや。じきに放免されるやろ」

「せやけど、きつい仕置きでも受けたら……」

拷問でもされたら、夕斎はすぐに自分が犯人だと認めてしまいかねない。それを思うと貴和の不安は到底消せるものではなかった。

「奉行所には、わしも顔が利く。そこのところは頼んであるさかい案ずることはあらへん」

それから慈庵はしげしげと貴和を見つめる。

「怪我の具合を見せてみ」

慈庵は貴和の手足の切り傷や打ち身を診ながら、不思議そうな顔をした。

「治るまでには、三、四日掛かるやろて思うてたんけど、もう治りかけとる。顔の傷もすぐに綺麗になるやろ。燕児も治りが早いが、貴和さんもえらい早いなあ」

「白香堂の塗り薬を使うてるもん」

脇から雪乃がすかさず口を挟んだ。

「九兵衛と孝吉が、いろいろ試して作ってはるんや。貴和ちゃんにこないに効いたんやったら、白香堂から売り出してもええんやない？」

「お前は、なかなかの商売上手やな」

呆れたように慈庵は言ったが、どことなく嬉しそうだ。

「それで、十文字屋のお春さんの具合はどないなん？　秋には婚礼やて聞いてる。重い病やないんやろ」

雪乃の言葉に、たちまち慈庵の顔は暗く陰った。

「今はまだなんとも言えへん。身体が日に日に弱って行ってんのや。薬を試してみてるが、どれも効いている風には見えん」

「まさか紅梅堂の若旦那と同じや、てことは……」

言いかけた雪乃を、慈庵の険しい声が止めた。

「めったなことを言うんやない」

雪乃は黙り込んだ。慈庵は貴和に「ゆっくり休むんやで」と言うと、離れを出て行った。

「紅梅堂の若旦那の病気、て、あの……」

貴和が言いかけると、雪乃は「せや」と頷いた。

「若いのに急に痩せ衰えて、老人のようになって死ぬ病や」

雪乃は肩を落とした。

「お父はんもこないな病は初めてや、て言うてはった。お父はんは、治せん病にぶつかると、機嫌が悪うなるんや」

「祈禱で病を治す、ていうのんは、慈庵先生にとってあんまり喜べる話やないんやろなあ」

「病人が回復するんやったら嬉しい話や。せやけど、胸の内では納得できんのやろ。

うちの疱瘡が祈禱で治ったことも、なかなか信じようとしはらへんかったんやそうや」

「鞍馬法師は、雪乃ちゃんの恩人なんやな」

「せや、近々志保ちゃんも祈禱を受けはる。ほんまに今年の祇園さんへ、二人揃って行けるかも知れん」

雪乃はよほど胸が躍るのか、頬を桃色に染めてにっこりと笑った。

鞍馬法師に疱瘡を治せる力があるのならば、労咳も治せる筈だ。雪乃はそう固く信じている。しかし、貴和にとって鞍馬法師は得体の知れない、怖ろしい人物なのだ。

先日、燕児を追って四条河原へ行った時も、鞍馬法師に何やら怪しい術でも掛けられたような気がした。幻を見せられ、辻斬りのいる所へ誘い出されたのではないか。

もしそうであるなら、鞍馬法師は本当に貴和の命を奪おうとしているのだ。

雪乃や志保を救いながら、貴和は殺そうとする。貴和の中では、法師への恐怖よりも困惑の方が、さらに強いものになっていた。

翌日、貴和は身体の痛みがすっかり引いていることに、自分でも驚いていた。傷も綺麗に治っている。よほど白香堂の塗り薬は効果があるのだろう、と、改めて感心した。

貴和は朝から、厨でお千与を手伝っていた。起きられるようになった限りは、働かない訳には行かない。それに動いていた方が父親の心配をしなくて済む。

慈庵は早朝から出かけていた。奉行所に夕斎の様子を見に行ったのだと雪乃が教えてくれた。

「お父はんに任せておいたら、大丈夫や」

雪乃の言葉に、貴和の不安は少しだけ晴れた。

皆の朝餉が終わると、雪乃の身支度を手伝った。

志保が元気になる……。雪乃はそのことだけで心が弾んでいるようだった。

雪乃の用事を済ませた貴和は、書庫へ向かった。そこに燕児がいる筈だった。浄雲が燕児に「お前の前身だ」と言ったことが気に掛かっていたのだ。

——（あの人は、私を、しばらくの間、見ていただけや）——

燕児との心の会話も、慣れて来たせいなのか、このところ随分聞き取りやすくなっている。

——（その後で、こう言うたんや）——

――「心して聞け。お前しだいで、貴和の運命が変わる」――


少し躊躇う様子を見せてから、燕児はその言葉を貴和に伝えた。

貴和の頭は混乱していた。なぜ、自分に燕児が関わってくるのだろうか。

――（鞍馬法師の秘杖は、浄雲さんの師匠の杖なんやそうや。浄雲さんは、天行者についても教えてくれた）――

山での修行は山野を巡るだけでも厳しい。それに耐え抜ければ、精神を自然に同化させることができる。それが神霊と自らの魂が一つになる、つまり鬼霊を得ることだ、と浄雲は燕児に語ったのだ。

さらに、地行者が天行者を目指すのは、より強い力を得て、人を助けることが目的なのだと言った。

――（それもまた修行であり、役行（やくぎょう）なんやそうや。ただ誰でも助けられるてもんやないらしい。人の運命に関わるにも限りがあって、それを超えれば罰を受けなあかんのや）――

　浄雲の師匠は、その罰を受けたんやと燕児は言葉を続けた。

　――（人の魂と神霊が一つになって鬼霊となる。鬼霊は何人もの人の魂を取り込み、天行者は、姿形、また年齢も変えて、長い年月を生き続けるんや。浄雲さんの師匠て人は、そうやって七百年もの間、この世にいてはったそうや）――

「どないな罰やの？」

　――（消魂する、て浄雲さんは言うてはった。人としての魂は消えて、残った神霊は再び天地に還るんやそうや）――

「なんやおかしい。人を助けるのに限りがあるんやなんて」

　貴和は首を傾げた。鞍馬法師はどんな病でも治すのだと言う。命が助かるならば、その方が良い筈だ。

　――（天行者の戒律は、この世の理に従ったものなんやそうや。人は誰でも長う生きたいて願う。せやけど、人には定められた寿命てもんがある。救える命と、救えない命がある。それを見極めるのも天行者に求められる力やそうや）――

「鞍馬法師は、誰でも救うてくれるんやろ」

　だから志保も救ってくれるのだ。鞍馬法師が天行者であるなら、そのまま見捨ててしまうのかも知れない。

するとと、それを否定するように燕児はかぶりを振った。

——（鞍馬法師は、命を移し替えるだけなんやて）——

「移し替え、て？」

貴和は呆気に取られた。

「誰かの命を移す、てこと？」

——（命を支える二つの力のことを、浄雲さんから聞いた）——

「生気と幽気のことやな。うちも聞いてる」

——（生気を、強い者から弱い者へ移すんや。せやけど、生気を取られた者は、今度は幽気の方が強うなってしまう。そうなると、しだいに身体が弱っていって、本来の寿命を待たずに死んでしまうんや）——

「生気移行法（しょうきいこうほう）」というのだ、と燕児は言った。

——（自分がどれだけ生きられるのかなんて、誰にも分かることやない。生気を取られたせいや、て気が付くもんはいてはらへんやろ）——

「目に見えて病人が元気になったら、誰かて鞍馬法師のお陰やて、ありがたがるやろな」

　その時、貴和は新たな疑問にぶつかっていた。

「さっき、鞍馬法師の杖は、浄雲さんのお師匠さんのもんやて言うてはったな」

――（その人は、自分が消魂すると分かった時、天狗秘杖から根を抜いたんやそうや。根がなければ、秘杖は本来の力を出せない。主を失うた杖は山野へ置かれ、時が経つうちに霊力が抜けて、やがては再び元の木に戻る筈やった。その秘杖を、鞍馬法師は手に入れたんや）――

　鞍馬法師の力を支えているのは、あの秘杖なのだ、と浄雲は燕児に言った。だが、主のいない、そして根の抜けている秘杖は、まさに暴れ馬そのものなのだ。

「あの時、御堂で祈ってはった燕児さんの前に現れたのは、やっぱり鞍馬法師やったんや。法師は燕児さんに、根を探すよう言うてはったさかい」

――……秘杖の根を隠したのは、そなたの前身だ……――

「秘杖に根が戻れば、その力で多くの病に苦しむ者を助けるて言うてはった。燕児さんが声を出しても、お母はんが死ぬことはない、て……」

――（生気移行法は必ず成功するとは限らない。細い綱を渡るような術やて、浄雲さんは言うてはる。その時は命が助かったかて、その後はどうなるか分からへん）――

どうなるか分からない。その意味を問おうとした時、燕児の声が貴和の胸に届いた。

――（先日、急に亡うなった紅梅堂の若主人も、子供の頃に疱瘡に罹って、鞍馬法師に治して貰うてたんや）――

その時、貴和はあることに気が付いた。

「もしかして、十文字屋のお春さんも？」

――（生まれて間もない頃に、疱瘡に罹ってる）――

「十文字屋」のお春も、しだいに弱っていると聞いた。しかも慈庵にも原因が分からないと言う。

貴和はあっと声を上げた。

「燕児さん。雪乃ちゃんも、鞍馬法師に疱瘡を治して貰うてはるんや」

燕児は貴和の言葉に、一瞬、茫然とした。

「燕児さんなら、根が見つけられるんやろ。鞍馬法師も言うてた。燕児さんの前身が知っているて」

――（前身、ていうのは……）――

燕児は言いかけて、すぐにかぶりを振った。

――（あかん、貴和ちゃん。浄雲さんにも聞かれたけど、私にもどないしたらええのんか分からへんのや）――

「どういうこと？」

――（浄雲さんは、私の魂が鬼霊やて言うんや。浄雲さんの師匠は、戒律を破って消魂した。その時、神霊が母のお腹の中にいた私に宿って、魂と一つになったて、そない言わはるんや。私には生まれながらに鬼霊がある。せやさかい、すでに天行者なんや、て）――

貴和は思わず息を飲んでいた。

「それやったら、早う根を探さんと……。それに天狗秘杖も取り戻さなあかん。せやないと、雪乃ちゃんも紅梅堂の若主人のように……」

雪乃の母親は、雪乃が疱瘡に罹った翌年に亡くなっていた。労咳だったというが、それも生気を奪われたための結果なのかも知れなかった。

――天狗秘杖というて、命の生死を司る力がある――

あの冬の御堂で、鞍馬法師は燕児に言った。杖の力が戻れば、他人の生気を移さなくても人の命を救えるのだろうか。

――（私には、それができひんのや）――

燕児は辛そうに顔を歪めた。

「どこに隠したか、まだ分からへんのやな。大丈夫や、きっと思い出さはる。うちもできることがあるんやったら手伝うさかい。それに、浄雲さんかて助けてくれはる」

貴和は燕児の腕を取った。

すると、燕児は小さくかぶりを振ってこう言ったのだ。

――（秘杖の根がどこにあるのか、浄雲さんが教えてくれた）――

「せやったら、すぐにそれを取りに行こう」

貴和はほっとした。これで雪乃の身に何が起こっても助けられる。そう思った。

――（それが、できひんのや）――

再び、燕児は強い口調で言い切った。

――（私は天行者でもないし、天狗秘杖など到底使えへん）――

「せやけど、雪乃ちゃんが……」

――（浄雲さんが、なんとかしてくれはる。この話は、もう仕舞いや）――

急に態度を変えると、燕児は怒ったように貴和の手を振り払った。

こんな燕児の姿を見るのは初めてだった。貴和が驚いて無言になると、燕児は気まずそうな顔をして、貴和を残して書庫から出て行ってしまった。


しばらくの間、貴和は本棚の間にぼんやりと座り込んでいた。

燕児には、どうやら貴和に言えないことがあるらしい。別れ際の燕児の態度が、それを示していた。

（浄雲さんは、燕児さんに何を言わはったんやろ）

まず、浄雲に会わねば、と、貴和が考えていた時、「ここにいてはったん」と、お梅が顔を覗かせた。

「慈庵先生が、呼んではるえ」

貴和は咄嗟に立ち上がっていた。

「お父はんのことや」と、すぐに思った。

「先生、父のこと、どないなりました？」

貴和は慈庵の部屋へ行くと、さっそく問いかけていた。慈庵の傍らには燕児がいる。

燕児は、貴和と目を合わせようともしなかった。

だが、今の貴和の頭の中は父親のことで一杯だった。

「夕斎はんやけどなあ」

慈庵は何やら難し気な顔をしている。

「無実の証拠、信じて貰えたんどすか？」

夕斎に刀は使えない。辻斬りの下手人は刀を使いこなしている。そのことは奉行所へはすでに伝えてある、そう慈庵は言っていた。

慈庵はゆっくりとかぶりを振ると、「それが、どうもあかんのや」と残念そうに言った。

「どういうことどす？　先生は、刀傷が証拠になるて言うてはりましたやろ」

慈庵は、殺された女たち二人の傷は、刀で斬られたものだと言ったのだ。それも、刀の扱い方を心得た者の仕業で、一介の町人である夕斎にできることではない、とそう断言した。

「貴和さんは、夕斎はんが武家であることを知ってはったんか？」

突然、思いもよらないことを尋ねられ、貴和は自分の耳を疑った。

（お父はんが、御武家、て、いったい……）

しばらく沈黙が続いた後、慈庵は気の毒そうに目を貴和に向けた。

「どうやら、知らんかったみたいやな」

「そないな話、うちは聞いたことがあらしまへん。何かの間違い、てことは……」

北川夕斎は生まれながらの絵師だ、と貴和は思っていた。絵を描くことしか知らず、絵を描くことでしか生計も立てられない。だから、母はあれほど苦労していたのだ、と。

「絵筆より重い物は、持ったこともない人どす。まして、刀やなんて……」

どこで何がどう間違ってしまったのか……？

「淀藩の、上士の生まれやそうや」

慈庵がおもむろに言った。

「身分もそこそこ高い家や。書画好きが高じて、狩野派に弟子入りをした。その折に、桃月で美津さんに出会うたらしい。美津さんと夫婦になりたい一心で、武家の身分と家を捨てた。久住友之進が本名や。町方が調べたそうや」

「お父はんは絵師の北川夕斎どす。お侍やあらしまへん。せやさかい、辻斬りと違います」

貴和は頑強に言い張った。

夕斎が何者であっても構わないと思った。血の繋がりがないことはとっくに知っている。武家であろうとなかろうと、夕斎が絵師であることには変わりはない。それに何よりも、貴和は本当の犯人に出会っている。それが、父でないこともよく知っている。

「夕斎はんに、会えるよう取り計ろうてみよう」

やがて慈庵は貴和にそう約束してくれた。

「燕児、東町へ行くさかい、用意しなさい」

東町とは東町奉行所のことだ。東町と西町で月ごとに内番と外番を交代する。この月は東町奉行所が外番に当たっていた。

「今の東町奉行は、森川越前守様や。面会できるよう頼んでみるが、まずは土産がいるやろう」

慈庵は貴和に九兵衛を呼ぶように言った。

貴和が九兵衛を伴って戻って来ると、慈庵は燕児に手伝わせて衣服を整えているところだった。

「先生、わてになんぞ御用どすやろか」

慈庵は九兵衛の顔をしげしげと見つめてから、「例のもんを」と言った。

「例の薬酒を、このぐらいの瓶に詰めてな……」

慈庵は両手で抱えられる大きさを、手振りで示す。

「そやな。瓶には福禄延命酒と書いて張っとくんや。『白香堂謹製』の文字も忘れるんやないで」

「ほな、いよいよあの薬酒を売り出さはるんどすな」

九兵衛の顔が輝いた。

「九兵衛はんが試さはった薬酒や。福禄の『く』には、あんさんの『九』をかけとる。

その顔の色艶やったら効能は充分やろ。森川様は、最近、身体が疲れやすいて言うてはったさかい、献上すれば喜ばはる」

「東町のお奉行様どすか。それは光栄なことどす」

九兵衛は「ほな、さっそく」と再び店に戻って行った。

「森川様からは、前々から身体の不調のことで相談を受けてたんや。薬酒を渡して、貴和さんが夕斎はんに会えるよう頼んでみるさかい」

「おおきに、ありがとうさんどす」

貴和は心から慈庵に感謝していた。


「福禄延命酒」の効果は大きかった。東町奉行の森川越前守俊尹(としただ)は、五十歳を超えたばかりに見えた。慈庵よりは若いようだが、やや太り気味の身体に、顔色もあまり良くなかった。

「身体の調子を整えてくれる薬酒」というのが、よほど気に入ったらしい。しぶしぶながらも、夕斎との面会を許してくれたのだ。

「証拠が揃うておるので、いずれ本人も認めるだろう。いかに凶悪な人殺しであろうと、娘との今生の別れを妨げるほど、わしは無情ではないからのう」

まるで、夕斎が犯人だと頭から決めつけているような口ぶりだ。貴和は腹立たしさを堪えるのに苦労していた。

「お父はん、いったい何があったん？」

そこは六角獄舎だった。かび臭く、薄暗い牢内の格子の向こうにいる夕斎は、わずか数日で見る影もないほど窶れて見えた。

「分からへんのや」と、夕斎は貴和の前で頭を抱えた。

「絵を描いていたところをいきなり町方に踏み込まれたんや。わしの絵の背景が辻斬りの死体のあった場所に似てるとか、殺された女の顔がそっくりやとか、もう訳の分からんことを立て続けに言われて……。何が何やら……」

夕斎は格子に縋りつくと、真剣な顔で貴和に言った。

「わしは須弥屋から聞かされた話を、絵にしてただけなんや。怖絵で名前を売り出すために、人を殺めたりせえへん」

「分かってる。よう分かってるさかい……」

貴和には言うべき言葉が見つからなかった。何か言おうとしても、胸が詰まって上手く言葉にならない。

だが、しばらくすると、夕斎は落ち着きを取り戻した。

「貴和、よう聞くんや」

諭すような口ぶりで夕斎は言った。

「お前はわしの実の娘やない」

「知ってる」と、貴和はしゃくりあげながら答えた。

「お父はんが、お母はんと一緒になるために、身分を捨てたことも……」

(そのために、疑いを晴らすことができひんことも……)

「知っとるんやったら、ええんや。わしとお前はほんまの親子やない。せやさかい、もし、わしが死罪になったかて、お前は罪人の娘やないんや。堂々と生きて行ったらええ」

「お父はん……。うちはお父はんの娘や。怖絵師夕斎の娘や。諦めんといて。ほんまの犯人を、うちが見つけるさかい……」

「阿呆なことを言うな」

夕斎は貴和を叱った。こんな風に叱られたのは初めてだった。いつも小言を言うのは貴和の方なのだ。

「お前の身にもしものことがあったら、わしは美津に顔向けができひん」

「お父はんにもしものことがあったら、うちはお母はんにどない言うたらええん？」

夕斎の目から涙が零れた。

「美津のことはええ。あれは、とっくにわしを見限っとる」

「そうやない。事情があるんや。お母はんは必ず帰って来る。せやさかい、どないに責められても、認めたらあかん。ええな」

わざと厳しい口ぶりで言い切って、貴和は牢を離れたのだった。


暗くジメジメした牢から外へ出ると、梅雨明け間近の空が、やたらと眩しかった。空の青さが、父親の欲しがっていた絵具を思わせる。

須弥屋の許へ行けば高価な絵具が存分に使えると、子供のように喜んでいた夕斎の顔を、貴和は思い出していた。

獄舎の門を出る時、ふと建物の陰に誰かがいるのに気が付いた。見覚えのない若い男だ。商人のような出立ちだった。どうやら貴和を見ていたらしい。慌てたように顔をそむけるとそのままどこかへ行ってしまった。

その時、燕児が現れた。てっきり慈庵が待っていると思っていた貴和は、少しばかり驚いていた。

「慈庵先生は?」と貴和は燕児に尋ねた。

――(十文字屋から使いが来たんや。それで私が呼びに来た)――

「もしかして、お春さんのこと」

今年の秋には婚礼を迎える。その輝かしい日を待つことなく、病に伏せった娘だった。

――(先生の治療で、少し持ち直してはったんやけど……)――

暗い顔で燕児はかぶりを振った。

「もう、あかんのやな」

その言葉を口に出すのは憚られたが、それが現実なのだ。

「燕児さん」

貴和は燕児の顔をまっすぐに見つめた。

「うちに、何か隠し事をしてるんと違う?」

ずっと燕児の態度が気になっていた。浄雲に会ってから、何か大事なことを言わずにいるような気がしていた。

燕児は急に押し黙ってしまうと、足早に歩き始めた。貴和は小走りで追いつくと、燕児の前に回り込んだ。

「天狗秘杖に関わることやな。うちが、その話をするのんを嫌がってはるやろ」

──（貴和ちゃん、天狗秘杖は……）──

燕児の声はそこで途切れた。ふと、その視線が貴和の背後に向けられている。貴和が振り返ると、いつの間にか浄雲が立っていた。

──（浄雲さん、私には、決められへん）──

燕児の声が貴和に届く。

「お前に決められないなら、貴和に決めさせるしかあるまい」

浄雲が厳しい声できっぱりと言った。どうやら、燕児の心の声は浄雲にも聞こえているらしい。

──（あなたの勝手には、させへん）──

燕児の怒りが、貴和に伝わって来る。

「お前が本来の力を認めれば、天狗秘杖の主として、鞍馬法師から杖を取り返せるのだ。鞍馬法師は生気移行法を使って、人の命を救うと言う。その力はあの天狗秘杖が与えている。人助けと言えば聞こえは良いが、その呪法で命を救われた者は、時が経ち、呪法の効力が薄れると、たちまち生気と幽気の均衡が崩れて命を失ってしまうのだ。紅梅堂の息子が死に、今日、十文字屋の娘も命を落とした。次は雪乃かも知れぬぞ」

——(……、言うんやないっ、それ以上……)——

燕児の怒声が、貴和の頭にびんびん響く。

「天狗秘杖の根は、貴和が持っている。それが事実だ」

厳かに浄雲が言った。その途端、燕児の身体が凍り付いた。すべての時間が止まったような気がして、貴和はただ無言でその場に立ち尽くしていた。

怖絵師の娘

其の一

浄雲は貴和と燕児に、ついて来るように言った。帰る道すがら、どこをどう通ったのか貴和はよく覚えていない。気が付くと、高倉通の自分の家の前に燕児と共に立っていたのだ。

「さっきの話、どういうこと?」

貴和がやっとの思いでそれだけを言ったのは、見慣れた家の座敷に入ってからだった。

「うちが天狗秘杖の根を持ってる、て……」

「その前に、俺の師匠の話をしよう」

と、浄雲は静かに言った。

「幼い頃、親とはぐれ死にかけていた俺は、清燕(せいえん)という一人の天行者に救われた。清燕上人は、老人のような真っ白の髪をしていたが、肌は艶やかで、皺もない。痩せて背が高く、穏やかな顔立ちをした男だった」

見る限りは普通の修験者に見えた。それから浄雲は、清燕と共に過ごすようになった。

浄雲がどうしても離れようとしなかったので、弟子に取ってくれたのだ。

「天行者は鬼霊を持つ。鬼霊は、人の魂と神霊が一つになったものだ。鬼霊は人の身体を器として長い年月を生きている。俺は、清燕上人が新しい身体を得た時も、傍らにいた」

そうして、清燕は「帰燕(きえん)」と名乗るようになったのだ、と浄雲は言った。

「人であって、人にあらず。その魂は鬼霊と呼ばれ、人の身体を器にして、何百年もの長きにわたってこの世に在り続ける。器となった者の魂は鬼霊の中で溶け合い、共に生き続ける。人を助けることをその本分とし、時に人を見捨てることを宿命とする。ゆえに天鬼ともいい、この世とあの世を自在に行き来する。それが天行者だ」

「てんぐ、ひじょう、は……？」

尋ねた声が、まるで貴和のものではないように聞こえるほど掠(かす)れていた。

「地行者が神霊を取り込んで、天行者となった時、最初に触れた木の枝を杖にする。杖には天行者の霊力が注ぎ込まれ、やがて杖自体が意志を持つようになる。天行者として百年を超すごとに、節の目が一つずつ生まれ、霊力と共に生気を吸い続けると、命の生死すら司るようになる」

「帰燕上人の杖は、人を生かしも殺しもする、てこと？」

「それだけの力がある、ということだ。何しろ、節の数は七つ。あの秘杖は帰燕上人と共に七百年の歳月を経ている」

「根がないてことは、その力が眠っているんやな」

「秘杖が、一度上人の手から離れていたこともあるらしい。その時、杖を託されていた男は、百年近くも生き続けたという」

「鞍馬法師は、子供の燕児さんに根を探すように言うてはった。燕児さんの『前身』て、その帰燕上人に関わりがあるん？」

貴和は浄雲に尋ねたが、すぐに燕児の方へ視線を向けた。燕児の顔がどこか苦し気に見えた。

「帰燕上人は一人の娘を助けた。それだけならば、天行者の役行で済んだ筈だ」

天明八年の正月の終わり、京の町は大火災に見舞われた。帰燕はその炎の力を使って、娘のために「時輪の呪法」を行った。その折に、娘のたっての願いを聞き入れ、本来は炎の中で命を落とす筈だった者の多くを救ったのだ。

「それが、あかんことやったん？」

「天行者の掟に背く行為だ。大勢の人の運命を変えてしまったのだから……」

そのため、帰燕は消魂した。だが、残された神霊は天地へは還らなかった。

「それが帰燕上人の願いだったのだろう。神霊は助けた娘の胎内にいた、子供の魂と一つになったのだ」

「それが、燕児さんで、『前身』ていうのは、帰燕上人のことなんやな」

だからこそ、燕児は生まれながらに天行者であったのだ。

だが、燕児自身は、それを認めたくないようだ。その視線は行き場を失い、あちこちをさ迷っている。

「燕児さんが、帰燕上人の記憶を呼び覚ませば、天狗秘杖を取り戻せるん？」

改めて貴和は浄雲に尋ねた。

「鞍馬法師は、子供の燕児さんに根を探すように言うたんや。燕児さんに杖を奪われるとは考えへんかったんやろか」

貴和は首を傾げた。

「やっかいなことに、鞍馬法師は幽者（かくりもの）なのだ」

と、浄雲は眉を曇らせた。

「貴和ちゃんに何者か尋ねられた時、根の話をすべきかどうか迷っていたが……」

浄雲は、貴和と燕児を交互に見ながら「今ならば良いだろう」と言った。

「幽者、てなんやの？」

「人は死ぬと魂は幽世（かくりよ）という所へ行く。つまり『あの世』だ」

浄雲は語り始めた。

「だが、この世にいたい、もっと生きていたいという思いが幾つも集まって一つの念になり、『この世』に留まろうとするのが、幽者だ」

「それが悪念となって、人に取り憑いて病にさせるんや、て、浄雲さんは言うてはったな」

その悪念を払うのが、「狐落とし」なのだ、と……。

「『生きたい』という強い想いは、生きている者には大事なことだが、一度、死者となってしまえば、持っていてはいけない想いでもあるのだ」

——（その想いが、この『現世（うつしよ）』に繋がろうとさせるんやな）——

浄雲は燕児に目を向け、「そうだ」と言うように頷いた。

「生きたいと望む彼等は、生気を欲しがる。死者にあるのは幽気だけだからな」

「せやったら、鞍馬法師は『生きたい』て望んでる死者の念の塊なん？」

「その念の塊が、天狗秘杖を得た男の身体を器にして、この世に現れた。それが鞍馬法師なのだ。鞍馬法師はその男の願望を叶えるために存在している。男には、人を病から救いたいという強い想いがあったようだ。秘杖には生気を集める力がある。法師はその秘杖を使って生気の移行を行っているのだ」

「生気移行法では、人は救えへんの」

「杖の力で他者の生気を移し、病を快方に向かわせても、一定の期間しか効力が続かぬのだ。そればかりか、生気を取られた者の死を早めてしまう。つまり、鞍馬法師の行っている呪法は、天地の理を乱すことに他ならないのだ」

――（最初から、そんな杖などなければ良かったんや）――

初めて燕児が自分の思いを吐いた。

浄雲のどこか憐れむような目が、燕児を見ていた。

「この世に刃物がなければ、人が傷つくことも命を落とすこともない」

浄雲は燕児を諭すように言った。

「だが、それは物を切るための道具がなくなることだ。秘杖も扱いようによっては、頼もしくもあり、また危うくもある。天行者もしかり。その存在は人にとって、良くも悪くも働く」

「天行者が悪いもんやったら、なんでこの世にいてるんや。初めからおらんかったら良かったのに」

貴和はその時、燕児と同じ気持ちなのに気が付いた。

「良いか悪いかは、人にとって、という意味だ。この世は人だけで成り立っているものではない。ありとあらゆる命の坩堝が、この世の在りようなのだ。天行者は、その均衡を保つために存在するのだと、俺は帰燕上人に教えられた。そのために力を与えられ、それを守るために、厳しい掟があるのだ、と」

「人を救い、人を見捨てる……」

貴和は呟いた。なんだかひどく辛くなった。目の前に苦しむ人がいるのなら、救いたいと思うのが、人だ。

人であって、人にあらず。それを天鬼という……。

「しかし、帰燕上人はその掟を破ることを承知で、燕児の母親の願いを聞いた」

浄雲は悲し気な顔でかぶりを振った。

「やっていることは、鞍馬法師と同じかも知れぬ。人に定められた宿命を壊せば、いずれ歪みを生じる。二十六歳で死ぬのが宿命であった『縁見屋』の娘は、結局、数年後に命を落としかけた」

それを止めたのが、燕児だ、と浄雲は言った。

「おそらく帰燕上人の念が、燕児を通して娘を守ろうとしたのだろう。鞍馬法師はその方法を燕児に伝えた。秘杖から得た知識なのだろうが、法師としては、秘杖の前身を見つけ出すことに成功したとも言える」

――（私が何者であっても、秘杖に関わる気はあらへん）――

浄雲はちらりと燕児を見てから、再び話を続けた。

「お前の気持ちも分かるが、いずれ雪乃にも歪みは生じるぞ。あの天明八年の流行り病の頃、鞍馬法師がどれだけの人数を救ったのかは分からぬが、俺が調べただけでも、十数人に上る。すべて当時はまだ幼い子供であった。おそらく、父母のどちらかが早くに亡くなっているだろう。亡くなり方は様々だが、大抵は死病に侵される。労咳がもっとも多い。生気が弱ったために罹りやすくなるのだ。雪乃にも母親がいないようだが……」

「雪乃ちゃんが疱瘡に罹った翌年、労咳で亡くなったて聞いてる」

答えてから貴和は、鞍馬法師は誰の生気で志保を救うのか気になった。

やはり、志保の父親か母親なのだろうか……。

「いずれにせよ、秘杖は本来の主の手に戻るべきだ」

浄雲はきっぱりとした口調で言ってから、改めて燕児を見つめた。

「鞍馬法師の目的は、自らが天狗秘杖の主になることだ。鞍馬法師が根を手に入れてしまえば、秘杖は法師と結び付く」

「うちがその根を持っている、て、どういうことなん？」

なぜ、そんなことになっているのか分からなかったが、貴和が持っているなら、燕児に渡せばよいのだ。初めは驚いたが、考えてみればさほど難しいことではなさそうに思える。

「小さかった頃、お母はんと一緒にいたうちは、鞍馬法師に襲われた。あの時、鞍馬法師はうちを捜していたんや」

――こども、は、どこにいる――

母に尋ねていた法師の声を、今でもはっきり思い出すことができる。

「あの時……」

貴和は改めて燕児に視線を向けた。

「八幡様の境内から出ようとしたうちを、引き留めてくれたの、燕児さんやったな」

貴和は五歳だった。燕児は四歳。幼いなりに、貴和を助けようとした小さな手を、今でも思い出すことができる。

――（あんまり覚えてへんけど、八幡社へ行かなあかんような気がしたんや）――

燕児は少し照れたような顔をした。

「次の日、お母はんは家からおらんようになった。うちを残していったんは、鞍馬法師の目を逸らすためやったんやないか、て、今ではそない思うてる」

やはり、母はすべてを知っていたに違いない。

「それに、鞍馬法師も、すでにうちのことを知ってる」

燕児の姿を追って、四条河原へ行った日、日の高かった筈が、気が付くとすでに夜になっていた。あれほどはっきり見えていた燕児の姿は消え、現れたのは、あの刀風だ。

「鳥が現れて助けてくれへんかったら、うちは殺されていたんかも知れん。鞍馬法師がうちに術をかけて呼び寄せたんやったら……」

鞍馬法師は秘杖の根を持っているという貴和の命を、本気で奪おうとしたのではないだろうか。

（うちを殺すことで、秘杖に根が戻るんやとしたら……）

「もしかして、秘杖の根て、うちの命そのものなんと違う？」

貴和に面と向かって問われた燕児の顔が、苦し気に歪んだ。

「浄雲さん、そうなんやろ」

貴和は、浄雲に答えを求めた。

――（方法がある筈や）――

その時、燕児の鋭い声が頭に飛び込んで来た。

――（貴和ちゃんに関わらんでも、秘杖を手に入れる方法が……）――

燕児の懇願するような目が浄雲を見ていた。

「そうだな」と、しばらく沈黙してから浄雲は言った。

「それを探すしかあるまい」

そう言った浄雲の表情は、決して晴れやかなものではなかったが、その後で、浄雲は、秘杖の根と貴和の繋がりを教えてくれたのだ。

それは、母の美津に纏わる話であった。寛政元年（一七八九年）の秋も深まる頃だった。何日も長雨が続いたある日、美津の住んでいた杣人の村は山津波に飲み込まれてしまった。

山仕事から戻って来た男たちは、必死に土砂の中から家族を助け出そうとした。村に残っていたのは、老人と、女、子供ばかりであった。

ほとんどは命を落としたが、それでも何人かは命を吹き返していた。その中に美津もいたのだ。

だが、美津には乳飲み子がいた。子供の方はすでに命が尽きかけていた。そこに通り掛かったのが浄雲であった。自分が身代わりになるから、子供を助けてほしい。そう泣きながら懇願してくる美津を見ていて、浄雲は一つだけ方法があることに気づいた。

「俺はその時、秘杖の根を持っていた。根は、上人が消魂する前に秘杖から抜いておいたのだ」

帰燕上人は、己が消魂することをすでに覚悟していた。秘杖は山野に置き、そのまま根付かせるつもりであった。ただ、気がかりなのは、秘杖に力が残っている内に、何者かがそれを手中にすることだ。帰燕は根と秘杖を別々の場所に置くよう浄雲に命じた。

「根が抜かれていても、天行者と共に長い歳月を過ごして来たのだ。杖の霊力はしばらくの間は消えることはない。帰燕上人はそれを案じておられた」

そうして、帰燕は、ただ一人の弟子であった浄雲に、秘杖の行く末と根を見守るように言った。ところが、ほんの数日、浄雲が目を離した間に、秘杖は隠しておいた高い岩場の隙間から消えてしまったのだ。

間もなく、京を中心とした一帯で疱瘡が流行り始めた。その時、どこからともなく現れた「鞍馬法師」と名乗る人物が、疱瘡を祈禱で治療しているという噂が広まった。

秘杖が鞍馬法師の手中にあることを知り、法師の行方を追っていた浄雲は、その途中で山津波で埋もれた村に行き合ったのだ。

「俺は根の隠し場所として、赤ん坊の身体を思いついた。鞍馬法師が秘杖の力を知っているなら、必ず根を求めようとするからだ」

自分が浄雲によって生かされたことは、貴和にとって大きな驚きであった。しかし、それこそが、貴和と燕児を繋いでいる縁なのだ、と改めて思った。

（せやさかい、うちには燕児さんの心の声が聞こえるんやな）

それが嬉しくもあったが、燕児の苦しさを思うと、貴和も胸にずしりと重い石を抱え込んだような気がした。

「うちは、その時、死んでたんや」

口に出してみると、とても不思議な気がした。

（うちは生かされてここにいてるんや。うちが生かされたんは、燕児さんと出会うためやったんかも知れん）

そうだとすれば、貴和にはやらねばならない務めがある。

（根を、燕児さんに渡さなあかん）

ただ、それがどういうことか頭では分かっているのに、どうしても実感が伴わないのだ。

――（貴和ちゃんは、私が守る）――

強い決意を込めて、燕児はその言葉を伝えて来た。今は十六歳の少年に過ぎない燕児に、いったい何ができるというのだろうか。

「今日は、もう家に帰れ」

浄雲が燕児に言った。

「お前が再び私の師となるか、医者となって人としての一生を終えるか、今すぐ答えられるものではあるまい。ただし……」

浄雲はちらりと貴和に視線を走らせた。

「貴和の運命は、鞍馬法師が握っている。そのことを忘れるな」

その晩、貴和はほとんど眠れなかった。考えてみれば、浄雲があまりにもいろいろなことを知っているのも謎と言えば、謎であった。母のことも知っていた。

（もしかしたら、お母はんの居場所も……）

聞けば教えてくれるかも知れない、と思ったが、今は別の考えが頭にあった。

（今は、まずお父はんを牢から出すことを考えよう）

お沙汰がいつ下りるのかは分からない。何よりも夕斎を助けることが先決だった。

それには、本当の下手人を捕まえるしかない。手掛かりは須弥屋だった。

其の二

翌朝、白香堂にやって来た貴和は、慈庵の診察用の部屋が、ひどく騒がしいのに気が付いた。

「いやや、いやや、痛いのは嫌なんやっ」

子供が泣きわめいている。

「傷に薬を塗るだけや。男の子がそないなことで騒いでどないする？」

慈庵が宥めている。なんだか、貴和はおかしくなった。つい朝方まで、うとうとしながら考えていたのは、人ではない者や、人知を超えた力のことだった。

白香堂へ来た途端、人としての日常が満ち溢れている。今更ながらのように、この賑わいが愛おしく思えた。

(うちの中の根が天狗秘杖に戻ったら、うちはどないなるんやろう)

当然のように、貴和としての暮らしはなくなる。父とも離れ、母とももう二度と会えなくなるのだろうか。

しかし、それは燕児にとっても同じであった。人としての暮らしを捨て、天行者としての前身に身を委ねるのなら、燕児もまた自分の家族を失ってしまうのだ。

「貴和ちゃん、来てたん?」

部屋の前まで来た時、障子が開いた。現れた雪乃はなんとなく疲れたような顔をしている。

気になって尋ねようとした時、再び診察部屋から子供の悲鳴が上がった。

「煩(うるさ)いなあ」

雪乃は言ったが、それほど嫌そうな顔はしていない。

「あれは誰なん?」

「福次郎。燕児のすぐ下の弟や。十一歳になるていうのに、あの騒ぎや」

「なんぞ、あったん?」

「庭で野良猫を追っかけてて転んだんやて。膝小僧が擦りむけて、おでこにたん瘤が出来てる。今朝、燕児が背負うて来たんや」

「白香堂の塗り薬て、かなり滲みるさかいなあ」

すでに貴和も経験している。

雪乃は笑った。

「飴玉でも持って行ってあげよ。ほんまに煩うてかなわへん」

そう言って出て行く雪乃の足取りは軽い。その様子を見る限り、貴和の思い過ごしのようだった。貴和と同じで、雪乃にも兄弟はいない。燕児の弟も可愛がっているのだろう。

「貴和ちゃん、表に人が訪ねて来てはるえ」

その時、箒を手にしたお梅が、庭先から貴和に声をかけて来た。

「行者さんみたいやけど、お布施でもしはるん？」

浄雲さんだ、とすぐに思った。

急いで表に飛び出すと、店からやや離れた場所に浄雲が立っていた。

「雪乃の様子はどうだ？」

浄雲は、雪乃が鞍馬法師に疱瘡を治して貰ったことが気になるようだった。

「今のところは、大丈夫みたいやけど……」

いつしか雨が降り出していた。通り過ぎて行く人々も急ぎ足になる。浄雲は貴和の身体を庇うように、まだ開いていない居酒屋の軒下に入れた。

「鞍馬法師の居場所が分かった」

四条通を東に向かった突き当たりに、祇園社がある。その横の道を回り込み、社の裏手に行くと真葛原（まくずがはら）という野原が広がっていた。そこには公家の別邸があり、今は須弥屋が買い取って使っているのだという。

「おかしいのは、侍が何人もいることだ」

屋敷は母屋を挟んで、左右に棟が連なっている。広い庭には、警護役らしい男たちが数人行き交っていた。

「誰かを守っているようだが、まさか鞍馬法師を守るためではあるまい」

「もしかして、刀風かも知れん。うちが見れば分かるかも……」

言いかけて、貴和は困惑していた。

間違えれば大変なことになる。何よりも、貴和を襲った辻斬りが、あの時と同じ格好をしているとは限らないのだ。

「見れば分かる筈だ」

浄雲がやけにきっぱりと言った。

「今の刀風は、左目が潰れている」

貴和は驚いたように浄雲を見上げた。

「確かに鷹に襲われてた。せやけど、なんで浄雲さんがそれを知ってはるん？」

あの直後、貴和は確かに浄雲に助けられた。だが、浄雲がいつからそこにいたのかは分からない。

「それに、燕児さんの前身が帰燕上人やて、どうして分かったん？」

考えてみれば、浄雲は最初から燕児を普通の人とは見てはいないようだった。貴和が書庫で気を失っていた時に見た夢のような話も、すぐに信じてくれた。

「帰燕上人が清燕だった頃に助けられたて言うてはったけど、それは、いったいいつのことなん？」

浄雲が貴和に秘杖の根を与えたのは、天明八年の翌年、寛政元年だった。浄雲は自分が清燕に救われたのがいつの頃なのか、未だに貴和には語ってはいない。

一つ疑問が生まれると、次々に湧き上がって来る。

そんな貴和を、浄雲は無言で見つめていた。その眼差しが、ふと悲し気な揺らぎを見せる。

（うちは、浄雲さんに聞いてはいけないことを聞いているのかも知れん）

それでも聞かずにはいられなくて、とうとう貴和は最後の言葉を口にしていた。

「浄雲さんは、いったい何者なんや」

その時だった。

「もうし」と女の声が呼びかけて来たのだ。貴和が驚いて声のした方を見ると、雨宿りに軒を借りに来たらしい女が、じっとこちらを見つめている。

年齢は三十代半ばぐらいだろうか。色白の整った顔立ちが、どこか燕児に似ているような気がした。

女の目が浄雲に向けられている。最初に声をかけたきり、女は無言になった。浄雲を見つめる目だけが、何かを訴えているような気がした。

「帰燕、様、と違いますやろか」

やがて女は感極まった声で、浄雲を「帰燕」と呼んだ。

「人違いをされているようだ」

浄雲は素っ気なく答えた。一瞬、女の顔は固まったが、すぐに恥じらうような笑顔になった。その様子がどこか寂し気だ。

「えらいすんまへん」

と女は詫びると、すぐにこう付け加えた。

「もう随分昔に出会うたお人に、よう似てはったもんやさかい……」

その時、せわしない下駄の音が近づいて来た。

「ああ、縁見屋の御寮はん、ここにいてはったんどすか？」

見ると、白香堂のお絹だ。お絹は手に傘を抱えている。いつしか雨は勢いを増していた。遠くで雷鳴が聞こえる。

「嬢はんが、そろそろ福次ぼっちゃんを迎えに来はる頃やろうから、出迎えに行くよう言わはって……」

「縁見屋、の……？」

貴和は思わず声に出していた。似ている筈だ。女は燕児の母親であった。

「あれ、貴和ちゃん、あんたもいてはったん」

お絹が驚いたように貴和を見た。

「あんたも雨宿りかいな」

「うちは、ちょっと人に会うてて……」

そう言って振り返ると、浄雲の姿がない。

雨がけぶる中、去って行く浄雲が見えた。その灰色の影の形が、何やら揺らいでいる。人ではない、別の何かが、そこにいるようだった。

なぜか翼が見えたような気がして、貴和は思わず頭を強く振っていた。

「貴和ちゃん、あんたも戻るなら傘に入りよし」

お絹が自分の傘を半分ほど突き出して言った。いつしか雨脚はさらに強くなり、雷鳴もさらに近づいて来る。

「御寮はん、先に行っておくれやす」

お絹は燕児の母に促すように言った。だが、燕児の母親の目は貴和に向けられたままだ。

「さっきのお人は、どなたさんどす?」

そう問われて、貴和は一瞬、口ごもった。

「里修験の浄雲さんどす」

それだけは確かであった。

白香堂に戻ると、燕児の母親はすぐに家の奥へと入って行った。あれほど騒がしかった子供の声が途絶えている。福次郎は雪乃の部屋で、草紙を読んで貰っていた。

頬っぺたを飴で膨らませながら、雪乃に何やら尋ねている。

「福ちゃんの知ってる字やさかい、自分で読めるやろ」

雪乃がまるで寺子屋の先生のような口ぶりで言った。

「お輪さん、ようおいでやす」

燕児の母親を見て、雪乃は立ち上がった。

「お母はんや」と、福次郎が母親にしがみつく。燕児とは違って、福次郎は丸顔で、ぽっちゃりとした身体つきをしていた。

「雪乃さん、おおきに。福次郎がすっかりお世話になってしもうて。慈庵先生は、どちらにいてはります？」

「診察部屋にいてます。燕児もそこに……」

「ほな、うちは先生に挨拶してきますよって」

「雨が止むまで、ゆっくりして行って下さい。今、お茶の用意をさせますよって」

それから、後ろにいた貴和に視線を向けた。

「お茶とお菓子、用意して」

貴和は「へえ」と言って、すぐにその場を離れようとした。すると、「貴和、さん、どしたな」と、お輪の方から声をかけて来たのだ。

「少し、お話ができしまへんやろか」

「うちは、かましまへん」

お輪が聞きたいのは、浄雲のことだ、と咄嗟に思った。


「先ほどの行者様どすけど……」

離れで、紫陽花に目をやりながら、燕児の母のお輪は静かに口火を切っていた。

「帰燕様となんぞ関わりがあるお人どすやろか」

帰燕上人は、燕児の母親を助けたために消魂したのだ、と貴和は浄雲から聞かされていた。

「浄雲さんは、そないに帰燕様に似てはるんどすか?」

貴和の方も、それを知りたかった。お輪という燕児の母親は、帰燕上人を知っている。そのお輪が見間違えるほど、浄雲はそっくりなのだろうか？

「へえ、それはもう……」

お輪は本当に驚いたようだ。片手を胸元に当てると、首を左右に振った。

「せやけど、よう考えてみたら、姿形は似ていても、何やら雰囲気が違います。それに、あのお人の最期は、うちも知ってますよって、帰燕様の筈はあらしまへん」

それでも、納得ができないような顔だ。

「浄雲さんは、帰燕上人のお弟子やそうどす。上人が清燕と名乗ってはった時に、命を助けられたのだと言うてはりました」

「そうどすか、お命を……。それが、あのお人の役行どしたさかいなあ」

「帰燕上人のこと、教えて貰うてもよろしいやろか」

貴和はお輪に尋ねていた。浄雲が何者か知る手掛かりになると考えたのだ。

「縁見屋には、ある呪縛がありましてなあ」

貴和の問いに答えるように、お輪は語り始めた。

「先祖の行いのせいで、代々娘しか生まれず、その娘も、二十六歳で亡うなってしまうのどす」

「せやったら、御寮さんも？」

「へえ」と、お輪は頷いた。

「帰燕様に会うたのは、十八歳の時どした。帰燕様はその呪縛からうちを解き放つために縁見屋へ来はりました。天明七年、あの大火のあった前の年どす」

帰燕は大火の力を利用して、お輪を救った。しかし、そのために、帰燕は天行者の戒律を破ってしまったのだという。

それから、お輪は改まったように貴和の顔をまっすぐに見た。

「浄雲様のお姿は帰燕様にそっくりどした。せやさかい気になってしもうて……」

浄雲の今の姿は、彼女が知っている帰燕上人のものだった。ならば、浄雲とは、いったい……？

「うちも、よう分からへんのどす」

貴和は首を傾げるようにしてお輪に答えた。

「せやけど、ええ人なんは確かどす。うちのこともよう助けてくれはるし……」

貴和の言葉に、お輪は「それはよろしおしたな」とニコリと笑った。

「帰燕様のお弟子さんやったら、行いも同じなんどすやろ」

どこか懐かしそうな顔で、お輪は小さく頷いた。

それきり黙り込んでしまったところを見ると、どうやら話は終わったらしい。貴和は、それまで気になっていたことを、尋ねてみることにした。

「あの、うちのこと、覚えてはりますか？」

あまりにも唐突な問いかけだったようだ。お輪は、不思議そうに首を傾げた。

「うちが五歳の頃、一度お会いしてます。その時はお母はんと一緒どした。初秋の、日暮れ時の八幡社の境内どす」

その途端、お輪は、あっと声を上げた。

「あんさんは、美……さんの……」と言いかけて慌てて言葉を飲み込んでいる。

貴和が怪訝な思いで見つめていると、お輪はなぜか慌てた様子で腰を上げた。

「雨も上がったようやし、うちはそろそろ……」


すでに雨は止んでいた。擦り傷に薬を塗られるだけで大騒ぎをしていた福次郎は、雪乃に遊んで貰ってすっかり機嫌を直していた。

燕児はまだ残っていたので、今度は孝吉の背に負ぶわれて帰って行ったが、多分、戻る途中で寝入ってしまうだろう。別れる頃、すでに瞼がとろんと落ちかけていた。

「たまにはええけど、やっぱり子供の相手は疲れるわ」

雪乃は肩でも凝ったというように、首を左右に曲げている。その顔色があまり良くないのが、貴和には気がかりだった。

「雪乃ちゃん、お布団、敷いとこか？」

貴和が尋ねると、雪乃はすぐに頷いていた。

「頼むわ。なんや、身体がだるうて……」

雪乃は一歩部屋に入ろうとしたが、急にふらついたように傍らの障子に寄り掛かっていた。障子がガタガタと鳴り、貴和は慌てて雪乃を支えた。

「どないしたん？」

尋ねても、雪乃はただかぶりを振るばかりだ。

「分からへん。なんや、身体がおかしい……」

そう言ったかと思うと、雪乃は畳の上に倒れ込んでしまった。

「誰か、誰か来ておくれやすっ」

貴和は廊下へ向かって声を張り上げた。

すぐに書庫から燕児が現れた。お絹が慌てて走って来る。

「早う寝かせて」

お絹に言われ、貴和は急いで床を敷いた。

雪乃を寝かせていると、慈庵が店の方からやって来た。

「どないしたんや？」

慈庵に聞かれ、お絹は「それが」と言ったきり困ったように黙り込んでしまう。

「疲れたて言うてはりました」

お絹に代わって、貴和が答えた。

雪乃は意識を失ったように眠っている。慈庵は脈を取ってから、燕児に薬を用意するように言った。

「どないどす？」

貴和が尋ねると、慈庵は眉を寄せて小さくかぶりを振った。

「今は、薬湯を飲ませるぐらいしかできひん」

どこか自信なげなその様子から、慈庵にも診断できないのだと貴和は思った。

「まさか、そないなことは……」

　慈庵は独り言を呟くと、無理やりのように声音を強める。

「ここ数日、志保さんを案じてろくに眠っていなかったようや。それに、慣れない子守りにも疲れたんやろう。しばらく眠れば元気になる。貴和さんは、もうお帰り。燕児に送って行かせるさかい……」

「うちは残ります。雪乃ちゃんの看病をさせて下さい」

　貴和は懇願した。

「貴和さんも、夕斎はんのことで手一杯やろう。雪乃のことは心配いらん。医者がついとるし、ここは薬屋やさかいな」

「帰ろう」と燕児の目が言った。貴和は仕方なく腰を上げた。

　高倉通を並んで歩きながら、貴和も燕児も何も言わなかった。貴和は自分の考えを口にするのが怖かったのだが、燕児もまた同じことを考えているような気がした。

「雪乃ちゃんの容態なんやけど……」

　やっと貴和が口にしたのは、御池通を過ぎた辺りからだ。

「十文字屋のお春さんと、同じなんと違う？」

――（最初は、身体がだるうなって、やがて起きられんようになる……。雪姉さんの症状も、それに似とる）――

「どないしたら、雪乃ちゃんを助けられるか、方法は分かってはるんやろ？」

――（鞍馬法師から天狗秘杖を取り戻し、その主となる。秘杖を目覚めさせるには根がいる、てことやろ）――

「うちは秘杖の根のおかげで、ここまで生かして貰うたんや」

燕児は一瞬、足を止めて貴和を見た。だが、すぐに顔を背けるようにして、歩き始める。

「うちを守りたいて、燕児さんの気持ちは嬉しい。せやけど、それがうちの役割やったんなら……」

――（何か方法があるて、言うた筈や）――

燕児は貴和の言葉を遮るように言った。

――（貴和ちゃんの命は、根で守られてる。根を奪えば……）――

「うちは死ぬんやろ」

――（分かってるんやったら、気安う口にするんやない）――

燕児の口調は、珍しく激しい。それだけ焦りを感じているのだろう。

「燕児さんにできひんのやったら、鞍馬法師に頼むしかあらへん」

貴和も引き下がるつもりはなかった。

「鞍馬法師に頼んで、雪乃ちゃんを助けて貰うんや。鞍馬法師の口から、須弥屋にお父はんの冤罪も晴らしてくれるよう頼んで貰う」

——（それが、どういうことか、分かって言うてるんか？）——

「うちの命を、鞍馬法師に差し出すことや。根を渡せばそうなる。うちは生きられへん」

貴和は雪乃と夕斎を助けたかった。それに、燕児が秘杖の主になれば、普通に言葉を話せるようになる。十七年前、山津波で命を落としていた筈の貴和が、ここまで生きてこられたのだ。根を燕児に渡すのが自分の役割であったのなら、それを果たすのが宿命なのだ。

——（頼むから、早まらんといて欲しい）——

燕児は諭すように言った。

——（何か方法がある筈や。もう少しだけ、考える時間が欲しいんや）——

燕児は悲愴な眼差しを貴和に向けた。

貴和が頷くと、燕児は少しばかりほっとしたような顔になった。

だが、雪乃に残された時間も、それほど多くはないだろう。夕斎も、責め苦にでもあったら、やってもいない罪を認めてしまうかも知れなかった。

（堪忍な、燕児さん。うち、そない待たれへんかも知れん）

貴和は心の中で燕児に詫びていた。

其の三

家の前で燕児と別れた。別れ際まで、燕児の声は聞こえてこなかった。貴和はふと燕児の母親、お輪と話した時のことを思った。ほんの一瞬であったが、貴和はお輪が、「美津」と言いかけたような気がしたのだ。

確かめたかったが、お輪は帰ってしまい、話は途切れたままになっている。

（お輪さんが、お母はんの名前を知ってる筈がない）

鞍馬法師と出会い、危ういところを、燕児に助けられた。あの時、美津もお輪も、お互い名乗りはしなかった筈だ。何よりも、美津に名乗る余裕はなかった。

貴和は自分の家には入らず、そのまま裏隣へ行った。浄雲の家の戸口を開くと、一歩、中へと足を踏み入れていた。

なんとなく勝手が違った。貴和は普段この家の表玄関からは入らない。日頃から裏庭から行き来するのに慣れていたせいか、なんだか見ず知らずの家に来たような気がした。

安蔵とお常夫婦がいた頃は、あんなに頻繁に出入りしていたというのに……。

「浄雲さん、いてはる？」

あまりにも人の気配がしないので、留守なのかと思った。

「浄雲さん、いてはらへんの？」

不安になって貴和は再び声をかけた。すると、家の奥の方でゴトリと物音がしたのだ。

貴和はドキッとした。浄雲ならば返事がある筈だ。（まさか、泥棒）と思った時、「来るな」と浄雲の声が言った。

なんだか様子がおかしい、とは思った。声もいつもと違って別人のようによそよそしい。

「浄雲さん、いてはるんやったら……」

貴和はわざと明るい調子で言うと、浄雲の声のした座敷の襖に手を掛けた。

「来るな、と言った筈だ」

襖の向こうで、再び浄雲が言った。何やら不機嫌そうな様子だ。

「浄雲さんを帰燕上人と間違えはった人なあ、燕児さんのお母はんなんや」

浄雲もそれは聞いていた筈だ、と貴和は思ったが、とにかく今は話のきっかけが欲しかった。

「帰燕上人の話を聞かせて貰うた。あの人、上人に命を救われたそうなんや」

急に襖の向こうが静かになった。貴和はあまりにも無音なのが怖くなり、一気に襖を開け放った。

「浄雲さん、隠れたりせんと、うちと話を……」

言いかけた貴和の言葉は、喉に引っかかったきり止まってしまった。

そこには、明らかに人ではない何かがいた。

薄暗い部屋の片隅に、影のようなものが蹲っていた。人がしゃがんでいるようでもあったが、鷹のようにも見える。それも、大きな黒い鷹だ。

「見るなっ」

突然、鷹が両翼を広げた。途端にその大きさは部屋一杯に広がった。驚いた貴和は慌てて襖をぴしゃりと閉めていた。その襖に向かって、ドシンと何かがぶつかって来た。襖に当てていた貴和の背に、その振動が伝わって来る。

「浄雲さん、うちや。貴和や。分からへんの？」

貴和は襖に背中を押し当てたまま、必死に浄雲に呼び掛けていた。

「俺は人ではない。俺の姿は、帰燕上人の写し身だ」

襖を挟んで、絞り出すような浄雲の声が聞こえて来た。

「せやったら、浄雲さんの正体はなんやの」

怖ろしいとは思わなかった。貴和は平静を保ちながら尋ねた。どのような姿であれ、またその正体がなんであれ、浄雲が貴和を傷つけることなどないと思った。

「俺は鷹だ。雛だった頃、巣から落ちて死にかけていたところを、清燕上人に助けられた。俺はその時、上人から生気を貰ったのだ」

――幼い頃、親とはぐれ死にかけていた俺は……――

以前聞かされた浄雲の生い立ちも、まんざら嘘ではなかった。ただ、それが人ではなく鷹であったというだけだ。

「せやけど、その姿は帰燕上人にそっくりなんやろ」

「俺は何十年もの間、常に清燕上人の側にいた。帰燕上人が、俺が見た最後の清燕上人の姿だった。俺は人になる時、記憶の中で一番新しい帰燕上人の姿形を使った」

「人になりたかったん？」

「お前の側にいるためには、人の姿である方が良い」

「せやったら、人のままでええやないの。縁見屋のお輪さんは、人違いやて思うてはる。誰も気が付く人はいてへんやろ」

「お前が疑った。写し身は、看破されればもはや形を保てなくなる」

「うちが？」

貴和は驚いて振り返った。襖に向かって貴和はさらに問いかける。

「うちのせいなん？　うちのせいで、人ではいられんようになったんやな」

「お前にとって、浄雲は、帰燕の姿をした者のことだ。だが、お輪の言葉で、お前は俺の正体を看破した」

お輪が浄雲を帰燕と呼んだ時、貴和の前で浄雲はその本性の一端を見せてしまった。帰燕と生き写しだと言われて、貴和は心の中で、さらに浄雲という存在への疑念を深めてしまったのだ。

今日、ここに来たのも、それを確かめるためだった。浄雲から真実が聞きたかった。なぜ、帰燕の姿をしているのか？　いったい、浄雲とは何者なのか？

「堪忍して、浄雲さん。うちは確かに浄雲さんのことを疑うた。せやけど、浄雲さんがええ人やてことは、よう知ってる。うちとお母はんが、初めて鞍馬法師に襲われた時、助けてくれた鳥は、浄雲さんやったんやろ。子守りをしていて鞍馬法師に出会いそうになった時も、うちを隠してくれたんは、浄雲さんやったんや」

「お前を守っていたのではない。俺は、お前の中の根を守っていた。それが、帰燕上人から与えられた役目であったから……」

「うちの命も助けてくれた。根のお陰で、うちは今を生きていられる。幾ら理由があったとしても、浄雲さんがずっとうちを守り続けてくれたことには、変わりあらへん」

浄雲は無言になった。貴和はさらに言葉を続けた。

「どないしたら浄雲さんを元の姿に戻せるん？　帰燕上人の姿に……」

「もう、今までのように側にはいられない」

襖を通して、どこか寂しそうな浄雲の声が聞こえた。

「今までのようにお前を守ってはやれない」

「浄雲さんがおらんようになったら、うちはどないしたらええんや」

貴和は襖を開けようとした。ところが今度は襖はびくとも動かない。まるで、浄雲の強い決意が表れているようだった。

「己を信じろ。お前の命は天狗秘杖の根だ。根は秘杖よりも強い力を持つ。忘れるな。お前は、燕児の天狗秘杖でもあるのだ」

突然、襖がガタガタと激しく鳴り出した。思わず貴和がしゃがんだ時、襖を破って何かが飛び出したのだ。力強い翼の音が、旋風を巻き起こす。

やがて音が止み、貴和は静けさの中に一人で置かれていることに気が付いた。

目を開けると、粉々に飛び散った襖が目に入った。浄雲の姿は全く見えず、貴和はたった一人で取り残されたのを知った。

（うち一人で、何ができるていうんや）

貴和は声を上げて泣きたくなった。

幼い頃、美津も同じようなことを貴和に言った。

――あんたは、ほんまに強い子や……――

そうして、翌日、姿を消してしまった。

浄雲もまた同じだった。貴和にはとても理解できない言葉を残して去って行った。

（皆、そうやっていなくなるんや。お父はんかて……）

夕斎もまた……。

貴和は身体を小さくして両膝を抱えた。泣き声が聞こえないように、膝の上に顔を押し付けた時だった。

誰かの手が肩に触れた。一瞬、浄雲が帰って来たのかと思った。

顔を上げると、そこにいたのは、燕児だった。

「燕児さん、帰ったんやなかったん？」

――（貴和ちゃんが……、泣いているような気がして、それで……）――

燕児は、案ずるように貴和の顔を覗き込んだ。

その途端、貴和の中で抑えて来た思いが弾け飛んだ気がした。

貴和は燕児の身体に両腕を回すと、縋りつくようにして泣き出していた。

「浄、雲……さん……が、行ってしもうた。うち……を、残して……。うちは、これからどない、したら、……、ええんやろ」

泣きながら訴えるので、はっきりとした声にならない。

燕児は、慰めるように貴和をそっと抱きしめてきた。

燕児の温もりが、貴和の身体に伝わって来る。あれほど荒れていた海が、穏やかなさざ波に変わるのにさほど時間は掛からなかった。

浄雲が残して行った「貴和は燕児の天狗秘杖だ」という言葉が、身に染みて分かったような気がした。

（うちと燕児さんは、秘杖で繋がっているんや）

そう思った時、燕児が怪訝な顔になった。

――（今、貴和ちゃんの心の声が聞こえた）――

これまでは、貴和が燕児の心に耳を傾けていた。だが、どうやら、燕児にも貴和の心が伝わるようになったらしい。

その時、ふいに強い力が貴和を引き寄せた。貴和はまるで自分が燕児の身体の中に飛び込んで行ったような気がした。

目の前が突然真っ暗になり、燕児の顔も見えなくなった。何が起こったのか分からず茫然としている貴和の耳に、聞いたこともないような、低い声が響いて来たのだ。

それは、まるで轟々と鳴る風のようだった。

――わ、れを……、思い出せ……。我が名を……、思い……出せ。我は、そなたの、主、にして、そなたに、命を与えし、もの……――

驚いた貴和は、思わず燕児の身体を突き放していた。

――(貴和、ちゃん。どないしたんや)――

貴和は首を左右に振った。いったい何が起こったのか、分からなかった。

「堪忍、今、燕児さんの中に……」

貴和は戸惑いながらこう言った。

「燕児さんの中に、誰かがいたんや」

――(どういうことや?)――

問われても、今は何も答えられそうもない。

「分からへん」

困惑している貴和の様子に、燕児は宥めるように言った。

――（貴和ちゃんはゆっくり休んだ方がええ。あまりにも、いろんなことが起こりすぎたさかい……）――

労わるような燕児の言葉に、貴和はきっと自分は疲れているのだ、と思った。

確かに、あまりにも多くのことが一度に起こっていた。

辻斬りにも襲われた。父はなぜか下手人になった。雪乃は倒れ、何よりも、頼りにしていた浄雲は、貴和が正体を知ったせいで、どこかへ飛び去ってしまった。

――（とにかく、貴和ちゃんは、休んだ方がええ。せやけど、ここに一人では置いとけへん。家へ来たら、どうや？）――

「家へ、て、燕児さんの家？」

すると、燕児は「そうや」と言うように頷いた。

日の落ちる前に、四条堀川の縁見屋に着いた。京の西側に横たわる嵐山の際に、茜色の雲が走っている。北西に鎮座する愛宕山が、黒々と聳えていた。もう梅雨は上がったようだ。明日は晴れるだろう。

堀川には束ねられた材木が筏のように浮いていた。貴和が住んでいるような京の町中と違い、この辺りは、川を渡れば田畑の広がる洛外であった。

——(川向こうは壬生村や)——

燕児の声が言った。その時、丁度、暖簾を取り込もうとでもしたのか、一人の女が店から出て来た。

「坊ちゃん、お帰りやす」

燕児を見て、女中らしい女が声をかける。年齢は二十代半ばくらいだろうか。

——(お咲さんや。妹の子守りをしてくれてはる)——

燕児はお咲に軽く頭を下げると、貴和に言った。

——(私は、このまま白香堂へ戻る。今晩は泊まるさかいに、そない母に伝えておいて欲しいんや)——

やはり、雪乃を放っておけないのだろう。できるなら、貴和も一緒に行きたかったが、今の自分にできることは何もない。ここは、燕児の言う通り、まずは休むことが必要に思えた。

「明日は、うちも白香堂へ行くさかい」

貴和が言うと、燕児は「分かった」というように小さく頷いた。

――（母には、私が連れて来たと言えばええ）――

燕児が再び四条通を戻って行ったので、お咲は驚いたようだ。

「坊ちゃん、帰って来たんと違うんどすか？」

と、お咲は去って行く燕児に声をかける。

「すんまへん。燕児さんは、うちをここへ連れて来てくれたんどす」

「あんさんは？」

「貴和ていいます。白香堂で働いてます」

答えると、お咲はすぐに納得したようだった。

「ほな、燕児さんのお客どすな。中へ入っておくれやす」

お咲は暖簾を取り込むと、家の中に貴和を招き入れた。

「御寮さん。お客はんどすえ」

家の奥に向かって声をかけた。

すると、間もなく、中から燕児の母親が現れた。今日、貴和が会ったばかりの、お輪だ。

「貴和さん」

お輪は驚いたように貴和を見た。貴和がペコリと頭を下げると、お輪の前垂れの裾に縋りついている幼い女の子と目が合った。

これが、燕児の妹、芙由なのだろう。目が燕児の幼い時に似ていた。燕児が十歳の時に生まれた妹なので、今は六歳だ。初めて燕児やお輪と出会った時の貴和よりも、一つ大きい。

「燕児さんが、今夜はこちらに泊まるよう言うてくれはったんどす。厚かましゅう来てしまいました。すんまへん」

貴和が詫びると、お輪はすぐに「ようこそ、おいでやす」と言ってから、貴和の後ろに視線を向けた。燕児がいるか、と思ったようだ。

「燕児さんは白香堂へ戻らはりました。今夜はあちらに泊まるそうどす」

「珍しいなあ。なんぞありましたんやろか」

何と言っても親戚同士だ。隠しておく訳にも行かないだろう。

「雪乃さんの身体の調子がようないんで、心配してはるんやて思います。うちも、明日は白香堂へ行きますさかい、早うに出させて貰います」

「それやったら、お見舞いに行かな……」

　お輪が言いかけたが、貴和はそれを遮っていた。

「まだ、どないな容態か分からしまへん。うちが様子を見てきますよって、お見舞いは後にした方がええと思います」

　このままでは、雪乃は紅梅堂の若主人や、十文字屋のお春と同じ運命を辿ることも考えられた。そんな姿を、お輪に見せる訳には行かない。

　燕児はいずれ心を決めねばならないだろう。だが、そのきっかけを与えるのは、貴和の役目なのだ。

　燕児の中にいる何者かは、貴和に主の名前を問うて来た。貴和が秘杖の根であるならば、主とは、帰燕となった天行者の最初の一人目に違いなかった。

　その夜、貴和は燕児の家族と夕餉の膳についた。福次郎はすでに会っていたので、すぐに懐いて来た。最初は人見知りをしていた芙由も、貴和の側を離れなくなった。

　縁見屋には、徳次という主人と妻女のお輪、それに燕児を初めとする三人の子供たちがいた。お咲は住み込みの女中だ。

　母が家を出てから、父と二人暮らしだった貴和には、大人数の家族というものが珍しかった。ことに弟妹の存在が貴和にはとても羨ましかった。気さくで大らかな父親と優しい母親。甘えん坊の弟に、活発でおしゃべりの妹……。

燕児が天行者の道を歩むことになれば、彼はこの宝物のような家族を捨てねばならなくなる。貴和のためだけでなくとも、やはりそれは厳しい選択であったのだ。

お咲を手伝って夕餉の後片付けを済ませた頃、お輪が貴和に奥座敷で待つように言った。徳次が、福次郎と芙由をお風呂に入れていた時だ。

「話しておきたいことがありましてなあ」

縁見屋の奥座敷から中庭がよく見える。夜の庭の匂いが、湿気を伴って立ち上っているようだった。耳を澄ませると堀川の音が聞こえ、それがまるで晴れた夜空を流れる天の川のせせらぎのように思えて来る。

ここ数日、貴和には次々にあらゆることが起こっていた。縁見屋に来て、やっとすべてが夢の中の出来事のように思えた。この瞬間が貴和には必要だったのだと気が付いた時、燕児がここへ連れて来た理由が分かったような気がした。

きっと、ほんの一時でも、貴和の心に平安をもたらせたかったのだ。

その時、お輪がやって来た。縁に出ていた貴和を見つけて、「すっかり待たせてしもうて、堪忍しとくれやす」と言った。

「子供たちをお風呂から上げてからが、大変どしてなあ」

「もうええんどすか」

「芙由はともかく、福次郎がなかなかに手の掛かる子で……」

そう言って微笑むお輪の顔は、実に幸せそうだ。

――二十六歳で死ぬ運命にあった娘……――

浄雲から聞いていた「娘」が、このお輪なのだと貴和は改めて思った。帰燕がお輪の呪縛を解き、さらに命を落としかけた時、今度は燕児が守った。

天行者の持つ愛の深さを、貴和はこの時はっきりと感じていた。その愛は一羽の鷹の雛を救い、大火で死ぬ筈だった多くの命にまで及んだ。己が滅することを承知の上で……。

(燕児さんも、自分の道を行くべきなんや)

天行者として、生まれながらに与えられている道を……。

「うちに話て、なんどすやろ?」

貴和は、お輪が行灯を縁に持ち出して座るのを待ってから、さっそく問いかけていた。

　やや躊躇うような仕草をしてから、お輪はこう切り出していた。

「ほんまは、昼間に会うた時に話した方が良かったんかも知れまへんけどなあ。固う口止めされてたさかい、迷うてましたんや」

　貴和には、一瞬なんのことか分からなかった。多分、きょとんとした顔をしていたのだろう。お輪はすぐに、「美津さんのことどす」と言った。

「もしかして、お母はんの居所を知ってはるんと違いますか？」

　あの八幡社の境内で、美津とお輪は初めて出会った。その後、やはり二人は再会していたのだ。何より、お輪が美津の名を言いかけたことが、その証拠だった。

「次の日どした」

　お輪は話し始めた。

「美津さんが、縁見屋を訪ねて来はったんどす」

　客が美津であったことに、お輪は驚いたが、それは美津の方も同じであった。

「美津さんは、身を隠せる仕事先を探してはったんどすわ」

　縁見屋は京の口入屋の中では、少々変わった店だと言われていた。仕事を求める者の「深い事情」を汲んだ上で、斡旋をするからだ。鞍馬法師から貴和を隠すために、自分は離れた方が良い。そう考えた美津は、桃月で噂を聞いたことがある「縁見屋」を頼ったらしい。

「洛中からは離れていて、住み込みで働ける場所を探している、てそない言わはりましてなあ」

前日の美津母子の様子を見ていただけに、これはただ事ではない、とお輪は思った。燕児は「怖いもんが貴和ちゃんを攫いに……」と言っていたが、案外、本当に攫われそうになったのかも知れない、と考えた。

「あの時、燕児がはっきり『貴和ちゃん』て言うてたのに、すっかりあんさんの名前を忘れてましたわ」

無理もない、と思った。通りすがりの、本来ならそのまま出会うことのない母と子であったのだ。

——娘を守るためには、うちが側にいたらあかんのどす。せやさかい、名前も変えて、姿を隠そうと思うてますのや——

美津はお輪に訴えた。

——せやけど、お子さんはどないしはりますのや。お母はんがおらんようになったら、辛い思いをするんと違いますやろか——

お輪の言葉に、美津はかぶりを振ってこう言った。

——たとえ辛い思いをさせたかて、あの子の命を守るには、これしか方法があらしまへん。あの子には父親がいてます。それに、勤め先の女将さんにも文を残して来ましたさかい、あんじょうして貰えますやろ——

——町方に助けて貰う訳には行かしまへんか——

だが、美津は「それはできない」と言い張ったのだ。

——分かりました。あてがあるさかい、そこにお願いしてみます。せやけど、いったい、誰があんさんの子供の命を狙うたりするんどす？——

「もしかしたら、頭がおかしゅうなってんのかも知れん。ふと、そない思いましてなあ。せやけど、前日の美津さんをうちも見てます。それに、燕児の言うた言葉も気になりましたさかいなあ」

そこで、お輪は日頃から懇意にしている家を、美津に紹介したのだ。

「川向こうの壬生村を越えた先の西院村の庄屋の家に、後添えに入った知り合いがいてましてなあ。その人に頼んでみることにしたんどす」

天明八年の大火の折、堀川沿いの町の者たちは、壬生村や西院村に避難していた。村にある寺や神社、豪農の家々が避難先となった。お園というお輪の知り合いの女は、焼け出された人々の世話をしていて、庄屋の目に留まったのだと言う。

「お園さんは快う引き受けてくれはりました。お美津さんはその家で、お美野て名前で下働きをしてはります」

「それで、お母はんは、いったい誰がうちを狙うていると……？」

すると、お輪は戸惑うように首を傾げた。

「貴和さんの、お父はんやて、そない言わはるんどす」

その言葉に貴和は一瞬言葉を失っていた。

「お、とう、はん、どすか？」

「へえ、せやさかい、美津さんの頭がおかしいのやないか、て思うたんどすわ」

それならば、ここは慈庵に相談してから、とも考えたようだ。

「お父はんて、うちの……」

夕斎ではないことは確かだ。もしそうなら、美津が貴和を夕斎の許に残して行く筈がない。

「あんさんの、実の父親やそうどす」

其の四

夜明け前に、貴和は縁見屋を後にしていた。天狗橋を渡って、西院村を目指す。振り返ると、随分小さくなるまで、お輪が見送っているのが見えた。東山連山の際が少し明るくなっている。

梅雨が上がったのはありがたかった。洛外へ来ると蒸し暑さは消え、爽やかな稲田の匂いが辺り一面に漂っていた。ひと月ほど前に田植えを終えた田が、切り紙を張ったように、街道の左右に広がっている。緑色の海の中に、ぽつりぽつりと島でも浮かぶように家々が見えた。

お輪から聞いていた西院村の庄屋の家はすぐに分かった。立派な門構えの家だった。塀の瓦の上から、にょきりと梅と松の古木が聳え立っていた。

門は閉じられている。貴和がどうしようか、と迷っていると、後ろに人の気配がした。振り返ると竹笊を脇に抱えた女が立っている。笊には畑から取って来たばかりらしい、土の匂いのする青菜が一杯に盛られていた。

「こちらに、なんぞ御用どすやろか？」

怪訝そうに貴和の様子を窺う顔に、見覚えがあった。

だが、貴和はすぐには声を出せなかった。随分長い間離れていたのだ。五歳で別れてから、すでに十二年が経っている。

「お、かあ、はん」

やっとの思いでその言葉を言うのに、しばらく時が要った。女の髪には白い物が混じり、顔は日に焼け、化粧気もない。皺も増えている。何よりも、その身体が随分小さくなったのに戸惑いを覚えてしまったのだ。

「どなたはんどす？　いったい、誰に用があって……」

言いかけて、女はハッと息を飲んだ。

「あんた、まさか……、貴和？」

「そうや。貴和や。お母はん……」

貴和は美津の前に走り寄った。貴和の方が背が高くなっている。もうその両腕ですっぽりと抱いて貰うことはできないのだ、そう思うと涙が零れそうになった。

女は抱えていた笊を落とした。

「ほんまに、貴和なんやな」

涙声で呼びかけて来る。

貴和はもう頷くことしかできなかった。言いたいことは沢山あった。恨み言もその中にはある。だが、もうどうでも良くなった気がした。母が生きていて、今、目の前にいる。それだけで充分に思えた。

美津は両手で顔を覆った。指の間から「堪忍な。堪忍してな」と、ただ詫びの言葉だけを繰り返している。それを聞きながら、貴和は美津が自分から去って行った時の胸の内を思った。貴和も辛かったが、美津の苦悩は到底貴和には計り知れなかった。

それほどまでにして美津が去らねばならなかった理由が、鞍馬法師の存在にある。

鞍馬法師は貴和を捜していた。天狗秘杖に貴和が関わっていたためだ。しかし、その法師の正体が、貴和の実の父親であったとは……。

「お母はん、ほんまのお父はんがうちを狙うてるてどういうことなんや」

縋るように問いかけると、美津は貴和の両手を取って、門の傍らにあった石の上に座らせた。

「北川夕斎が実の父親やないことは、知ってんのやな」

「桃月の女将さんが話してくれた。女将さんは、うちがお父はんから聞かされてなかったもんやさかい、えろう驚いてはった」

知ったのは、つい半月ほど前のことだ、と、貴和は美津に言った。

「夕斎はんが、元々武家やったことは？」

「つい先日、知った」

だが、その理由は言わなかった。美津の様子から、まだ夕斎が辻斬りの下手人となって沙汰を待つ身なのは知らないようだった。

「うちのために、あの人は家も身分も捨ててしまわはった。自分の子でもないあんたを、実の娘のように育ててくれた。ほんまにありがたいと思うてる」

（そのお父はんが、今、大変な目に遭うてるんや）

貴和は胸の内で叫んでいた。それもこれも、きっと鞍馬法師のせいなのだ。

貴和は冷静さを保ちながら、はっきりと美津に尋ねていた。

「お母はん、うちの実の父親は、あの時の黒い笠を被ったお坊さんなん？」

その言葉を口に出した時、幼い頃、脳裏に焼き付いた黒笠の法師の姿が鮮やかに蘇って来た。

恐怖は人の姿をしていて、人の顔をしていない……。

結局、貴和には法師の顔が分からないままだ。人ではないのだとしても、どんな顔をしているのか、やはり気にかかる。

その時、美津がゆっくりと首を左右に振った。

「あれは、あんたのお父はんやない。初めの頃は姿がそっくりやったんやけど……」

美津は貴和の父親について語り始めた。

貴和の父は仙蔵(せんぞう)と言った。越前国の生まれで、薬を作るのを生業にしていた薬師(くすし)であった。

ある年、ひどい飢饉になった。その後、疱瘡が流行り、仙蔵は生まれたばかりの子と妻、それに両親を一度に亡くしたのだ。

家族を失った仙蔵は、あらゆる病を治す薬を作ろうと考え、いつしかそれが己の使命だと思い込むほどになった。

深い山中に分け入り、薬草を探し求めて、ある日仙蔵は山城国(やましろのくに)の鞍馬山の奥地へとやって来た。そこで行き倒れになっていた仙蔵を助けたのが、美津だったのだ。

美津の村では樵(きこり)と炭焼きが生業だった。美津に命を救われた仙蔵は、その村で暮らすようになり、薬草の知識で村人の怪我や病を治すようになった。

「お父はんは、医者様やったん？」

慈庵のような立派な医者であったのだろうか……。

「そうや。村人は皆喜んではった。うちも嬉しゅうてなあ」

やがて美津と仙蔵は夫婦になった。美津が十六歳、仙蔵が二十五歳の時だった。

ところが、夫婦になって半年ほど経ったある日、薬草を採りに山へ入った仙蔵が、そのまま行方知れずになった。天明八年の六月半ばのことだった。

村人は総出で山中を捜した。そうして、ついに高い崖の上で、仙蔵の草履の片方が見つかったのだ。崖の端には足を滑らせた痕があった。

――ここから落ちたんやったら、もう助からん――

そこは深い谷底になっていた。落ちればそのまま冥土へ行くと言われ、そのため「冥道谷（みょうどうだに）」と呼ばれている場所であった。

「両側とも切り立った高い崖や。下の道を辿ろうとしても樹木に邪魔をされて、決して谷底には辿り着けへん。一度落ちれば死体も見つけようがない、そういう所や」

「お父はんは、その谷に落ちたん」

「皆、そう思うた。信じとうはなかったんやけど、いつまで待っても、仙蔵は戻って来ぃひん。諦めるしかないて思うてた時、うちのお腹にあんたがいてるのが分かったんや」

翌年の二月、十七歳になっていた美津は貴和を産んだ。ところが、その年の梅雨時のことだ。数日長雨が続いた後、山崩れが起きた。

「村の半分が土砂に飲み込まれてしもうた。うちの家も半分埋もれたんやけど、山から戻って来た男たちが救い出してくれたんや」

だが、母子が助けられた時には、貴和の呼吸は止まりかけていた。

――仙蔵はんがいれば、何か手立てはあったかも知れん――

生き残った村人は、そう言って残念がった。

「その時やった。どこからか一羽の鳥が飛んで来てな」

それは鷹のように思えた。だが、ひどく大きい。美津はてっきり大鷹が、貴和を餌にするつもりなのだと思った。

死にかけていた貴和を抱え、大鷹を追い払おうとした時だ。鷹の身体が突然、真っ白い光に包まれたのだ。

あまりの眩しさに目を覆いかけた時、鷹の身体から白く輝く玉が現れ、それが貴和の身体の中に飛び込んだのだ。

一瞬、貴和の全身が強い光を放った。

茫然とする美津が我に返った時、貴和が腕の中で声を上げて泣き出した。

「助かったて思うて辺りを見たら、もうあの鷹の姿はのうなってたんや」

それが浄雲だったのだ、と貴和は改めて思った。

(その光る玉が、天狗秘杖の根やったんやな)

「その翌日のことや。仙蔵が村へ戻って来たんや」

亡くなった者もいたが、怪我をした者も多かった。そんな時、仙蔵が生きて現れたのだ。村人は大いに喜んだ。

「冥道谷に落ちた時、運良く木の枝に引っ掛かることができて、下まで落ちずに助かったそうや。なんとか下まで降りてから、谷を抜けるのに何か月も掛かった、てそない言うてはった」

仙蔵はその時一本の杖を手にしていた。木の枝を削っただけの杖だ。節目が幾つかついている。

「この杖が道を教えてくれたんや、て言うてた。せやけど、そないなことはどうでも良かった。夫が生きて帰ってくれたんや。貴和も助かった。もうそれだけで、うちは良かったんや」

仙蔵は、次々に怪我を負った村人の手当てをした。不思議なことに、命が危ういほどの重傷の者も、わずかの間に治してしまったのだ。

それから十日ばかり経った頃だ。村人たちは再び村を立て直すために、壊れた家の片づけに追われていた。男たちは働き、女たちは炊き出しをする。美津は貴和を仙蔵に預けて、その手伝いに出ていた。

昼餉の用意が出来た時、美津は仙蔵の姿が見えないことに気が付いた。怪訝に思った美津が捜していると、村人の一人が、仙蔵が赤ん坊を連れて山に入って行くところを見たと言った。

そろそろ乳もやらねばならない。美津は仙蔵を捜して山中へ向かった。

しばらくすると、赤ん坊の泣き声が聞こえて来た。それもただ事ではない声だ。美津が急いでその方向へ向かうと、あの冥道谷の崖に出た。

見ると、崖の縁に仙蔵が立っている。仙蔵は泣いている貴和を足元に置くと、手にしていた杖の先を向けたのだ。その瞬間、杖が真っ白い光を放って輝いた。

その時、美津は以前にも、仙蔵が貴和の側に行った時、握っていた杖が白く光ったのを思い出したのだ。

明らかに、仙蔵は杖の先で貴和を突き刺そうとしていた。美津は悲鳴を上げて、駆け寄ろうとした。その時、仙蔵が美津の方へ顔を向けた。顔の辺りがはっきりしない。黒い靄が掛かり、陽炎（かげろう）のように揺れている。目の辺りが何やら光っていた。

恐怖のあまり美津の足が止まった時、バサリと力強い羽音が聞こえ、頭上を黒い影が飛んだ。

「あの大鷹やった。鷹が仙蔵に襲い掛かっていたんや」

その時、貴和の身体が崖から落ちた。美津が思わず息を飲んだ瞬間、仙蔵から離れた大鷹は、貴和を追うように崖下へ舞い降りて行ったのだ。

　間もなく、鷹の姿が上空に見えた。足に何かを掴んでいる。高い空をゆっくりと螺旋を描くようにしながら、鷹は近くの林の中に姿を消した。

　気が付くと仙蔵の姿はすでに消えていた。美津は慌てて鷹を探して林へ向かった。するとそこへ一人の行者が現れた。行者はその腕に貴和を抱いていた。

「その人がすぐに山を降りるように言わはったんや。うちが仙蔵やて思うてた男は、姿形は同じでも、別人なんや、て……」

「別人、て、どういうこと？」

「幽者や、て、そない言うてはった」

　強い願望を抱えたまま人が亡くなれば、その想念のみがこの世に留まってしまう。形のない想念が無数に集まれば、互いに引き合い一つの塊となり、やがて器を求めるようになる。無念の思いで息絶えた者の身体を器として、この世に現れた者……。行者である浄雲は貴和に語ったのと同じことを、美津にも話したのだろう。

――おそらく、崖から落ちて死んだ仙蔵のこの世への執着と、寄り集まった想念が呼び合って一つになった結果、仙蔵の姿をした幽者が現れたのだろう――

「あんたを殺そうとしていた仙蔵の姿を見てへんかったら、到底、信じられる話やあらへん」

美津は、辛そうに顔を歪めた。

さらに行者は美津にこう言った。

――この子の生気は強い。あの幽者はそれを欲しがっているのだ――

――生気てなんどす？　それがこの子の命とどないな関わりがあるんどす――

納得できずに美津は問いかけたが、行者はそれ以上のことは何も教えてくれなかったのだ。

いずれにしても、夫であり娘の父親であった男は、人の姿をしたまさに魔物と化していた。

――あの幽者はこの赤ん坊の命を狙っている。ここにいてはいけない――

行者は母子を京へ連れて行ってくれた。人の多い場所の方が、身を隠すのに都合が良いと考えたからだろう。その京で、美津は桃月での仕事を得て、一人で貴和を育てることにした。

「あの日、目の前にいきなり仙蔵が現れたんや。黒笠で顔を隠し、法師の姿をしていても、手に持っていた杖で、うちにはすぐに分かった」

美津は咄嗟に貴和を隠そうとした。それでも見つかりそうになった時、あの大鷹が現れて危ういところを助けてくれた。

「うちは、きっとあんたは何か大きな力で守られてるて思うたんや。行者様も『生気が強い子』やて言うてはった。せやさかい、うちはあんたは強いて言いたかったんや」

だから美津は、貴和にあの言葉を言った。

――あんたは、ほんまに強い子や。そのことをしっかりここに刻んでおくんやで――

その時の美津は、まさか、それが貴和に言ってやれる最後の言葉になるとは思ってもいなかった。

「翌日のことやった。桃月へ行く途中、あの行者様がうちの前に現れた」

「浄雲さんのことやな」

美津は「そうや」と頷いた。

「その時、初めて名前を聞いた。その浄雲さんが、うちに姿を隠すように言わはったんや」

美津が一緒にいれば、黒笠の法師はじきに貴和を見つけるだろう、一日も早く、娘から離れた方が良い、そう浄雲は言った。

「うちかて迷うた。せやけど他に道はあらへん。それに夕斎はんなら、うちが出て行ったかて、きっとあんたの面倒は見てくれるやろう、そない思うた」

「お父はんは、ずっとお母はんを待ってはった。血の繋がりのない子供を手元に置いてたんは、うちがお父はんとお母はんを繋ぐ糸やったからや」

「ほんまに申し訳ないて思うてる。うちが側にいることで、仙蔵が夕斎はんにまで何かするんやないか、て、それを考えると怖ろしゅうて。うちは夕斎はんからも離れた方がええて思うたんや」

「うちやお父はんのこと、気に掛からへんかったん？」

「あんた等のことは、浄雲さんが知らせてくれてはった」

それは貴和には思いもよらないことであった。

「たまに京へ行った時は、遠くから貴和の様子を見てたこともあったんやで」

どれほど声をかけたかっただろう。まだ幼い身で、子守りをしている姿を見た時、どれほど駆け寄って抱きしめたかったか……。

だが、貴和はその小さな足で、しっかりと大地を踏みしめて立っていた。いついかなる時も、そうして前を向いて歩いていた。

「うちは、あんたが誇らしかった。思うた通り、この子は強いて思うた。最初は運のええ子やて思うただけやったけど、あんたの中には、何かしっかりしたものがある、て、そない思えたんや」

今の美津は、夕斎が置かれた状況を知らない。さすがに浄雲も、夕斎が町方に捕らえられていることは言えなかったようだ。

「お母はん、もう少しだけ待ってて」

貴和は美津に言った。

「今度は、うちがちゃんと迎えに来るさかい、それまで待ってて」

すっかり成長した娘の言葉に、美津の目から再び涙が溢れていた。

美津と別れた貴和は、元来た道を東へ向かって歩いていた。

貴和は自分の実の父親、仙蔵のことを考えていた。当然のことながら、父としての実感はない。それよりも、幼子を殺そうとした者が、多くの人を助けている、その行為に違和感を覚えていた。

さらに浄雲と思われる行者が美津に言った言葉が、仙蔵の姿をした幽者のすべてを物語っているような気がした。

仙蔵は疱瘡で以前の家族を失った経験から、あらゆる病を治す薬を作ろうとしていた。

その仙蔵が鞍馬法師となり、今も疱瘡や労咳などの死病から人を救おうとしている。それだけを考えれば、それは立派な行いに思える。問題なのは、浄雲も言っていた「その方法」であった。

「生気移行法」……。弱っている者に、他者の生気を移すことで、命を救う呪法。生気を奪われた者はやがて命を失い、助けられた者もまた、生気を命に定着させられずに弱って行く。その先にあるのは、やはり死だ。

（せやったら、うちは？）

天狗秘杖の根を貴和に植え付け、その命を長らえさせた鷹は、紛れもなく浄雲であった。

昇りかけた日の光が、真っ向から貴和の顔に当たっていた。青々とした稲が、風を受けて波のように騒いでいた。細く尖った葉先の露が、宝玉のような輝きを放っている。その中を堀川端まで戻って来た貴和は、縁見屋の前で自分を待っている燕児の姿を見つけていた。

貴和は小走りで天狗橋を渡った。

「燕児さん、帰ってはったんやな」

――(貴和ちゃんが出た後に……)――

と言ってから、燕児は黙り込んだ。

「雪乃ちゃんに、何かあったん?」

貴和が尋ねると、燕児はかぶりを振ってこう言った。

――(弱ってはいるんやけど、なんとか持ちこたえてる。せやけど、他にも雪姉さんのように倒れた人が何人もいてるんや。慈庵先生に診察を頼みに来てはる)――

慈庵だけでは対応できないので、他の医者にも声をかけているところだと言う。

――(病状を聞く限り、十文字屋や紅梅堂と同じなんや)――

「皆、天明八年に疱瘡に罹ってた人たちなんやな。鞍馬法師が助けたていう……」

――(このままやったら雪姉さんも危ない。慈庵先生は他の依頼を断って、姉さんに付きっ切りになってはる)――

二人は急いで白香堂に向かった。

白香堂の店先は、一見、普段とは変わらないように見えた。店も開き、薬を求める者たちが次々に訪れている。しかし、いつもの賑わいは感じられなかった。人の出入りは確かに多いが、活気というものが全く感じられなかったのだ。

――（悪い病が流行り始めてる、そないな噂が広がり始めてるんや）――

若者が倒れ、しだいに弱って行く。最後は老人のようになって死ぬのだ。この病が、労咳のように人から人へうつらないとも限らない。突然現れた新しい病が、京の町を席捲（せっけん）するのではないか、と、皆怖れているのだ。

雪乃が床に伏せった白香堂は、深い水底のように静かだった。今更のように、雪乃は白香堂の日輪だったことが身に染みて分かった。

廊下の柱の陰で、孝吉がすすり泣いているのが見えた。

「孝吉さん、もしかして、雪乃ちゃんのこと……」

――（あの人の気持ち、雪姉さんに伝わるとええんやけどな）――

燕児も貴和と同じことを考えているようだった。

わずかの間に、雪乃はすっかり痩せ衰えていた。

「せめて、お粥でも口にしてくれはったら……」

雪乃の傍らでお絹が呟いた。慈庵は難しい顔で腕組みをしている。じっと娘を見つめる眼差しが痛々しかった。

しかし、貴和の目に映ったのは、また別のものであった。

雪乃の身体から白い煙がねじれながら、ゆらりゆらりと立ち上って行くのが見えるのだ。

白い煙とは反対に、黒い靄のようなものが、雪乃の身体に絡まるように纏いついている。

「燕児さん、あれって……」

貴和が言いかけると、シッと言うように燕児が人差し指を自分の唇に当てた。

――(雪姉さんの生気や。貴和ちゃんにも見えるんやな)――

「せやったら、黒い靄のようなもんは……」

――(幽気やろ。あれに全身が包まれてしもうたら、雪姉さんは……)――

(うちの目に、こないなもんが見えるやなんて……)

それは、貴和が初めて目にする不思議な光景であった。

――（私も見るのは初めてや）――

今度も燕児に貴和の思いが届いたようだ。

――（こうやって、互いの心の中で話ができるようになったのも……）――

（うちが、天狗秘杖の根やからや。そうして、燕児さんは天鬼……）

思わず二人は互いの顔を見合わせていた。

その時、雪乃が苦しそうにうめき声を上げた。

貴和は咄嗟に雪乃の側に寄っていた。

「雪乃ちゃん、負けたらあかん。あんたは鳴神小町やろ」

貴和は雪乃の急に細くなった手を取ると、両手で包み込むようにしっかりと握り締めた。

「元気になりたい、生きたい、てそう強う心に念じるんや」

浄雲の言葉を、貴和は思い出していた。

――自ら生きたい、治りたい、という強い想いがあれば……――

これは、狐落としとは違うのかも知れない。いいや、結局は同じなのではないか？

貴和にはよく分からなかったが、このまま雪乃を逝かせる訳には行かないと思った。

貴和の父であった仙蔵という男は、人を病から救うための薬を作ろうとしていた。秘杖を手にした後、母のいる村に戻って来る以前に、鞍馬法師と名乗って京で痘瘡に罹った者たちを救っていたのだろう。

それが仙蔵の人を助けたいという強い願いによるものなのは、貴和にも理解できた。仙蔵は幽者となってまで、人を病から救おうとしていたのだ。しかし、鞍馬法師にとって、その願望を叶えることがすべてであり、誰かを助けるためには、他者の命を奪うことにさえ抵抗がない。

いずれにせよ、鞍馬法師も秘杖も、止められるのは燕児と貴和だけであった。

(秘杖の最初の主の名前……)

それを思い出せば、燕児の中の天鬼が目覚めるというが……。

天行者になること。それは、人ではなくなることだ。貴和は縁見屋の燕児の家族のことを思った。燕児には温かい家族がいる。きっと可愛がっているのだろう、弟妹の存在もある。それを捨てろとは、貴和にはとても言えなかった。

貴和もまた同じであった。根を渡せば貴和はこの世から去るしかない。再び、夕斎や美津と暮らすこともできなくなる。

迷いながら白香堂の表に出ると、一人の男が「貴和さんどすやろか」と声をかけて来た。

（誰やったやろ）

物腰の丁寧な商人風の若い男だ。

「あの時、六角の獄舎の前で……」

物陰から貴和を見ていた男であった。

「わての主人が、貴和さんにお会いしたいそうどす。一緒に来て貰えますやろか」

男は松蔵（まつぞう）と名乗った。須弥屋幸右衛門の使いだと言う。男は背後に駕籠を従えていた。

貴和は駕籠に乗り込んだ。不安がない訳ではない。だが、いずれにしても、鞍馬法師を避けては通れないのだ。

駕籠が出て行く時、ふと燕児に呼ばれたような気がした。

須弥屋

其の一

貴和を乗せた駕籠は高倉通を御池通まで下り、それから東へ向かった。寺町通に出てさらに四条通まで来た頃には、すでに陽射しも傾いていた。祇園祭を間近に控えているので四条通はいつも以上の賑わいだった。駕籠の簾越しに、すでに組み上がった山車（だし）が見える。

お囃子の稽古でもしているのか、コンコンチキチンと鉦（かね）の音が風に乗って聞こえていた。

不安が全くないと言えば、嘘になる。だが、須弥屋には一度会いたいと思っていた。鞍馬法師のような怪しい者となぜ関わりを持つのか、その理由も知りたかった。

それに鞍馬法師の本当の姿も見たい。それは貴和の記憶にはない実の父、仙蔵の姿であるからだ。不思議なことに、もう怖れる気持ちはなくなっている。

駕籠は祇園社の門前から脇道へ入った。道が少しずつ上り坂になる。暗く陰ったので簾をそっと捲（めく）ると、林の中の道を進んでいるのが分かった。

やがて、駕籠が止まった。松蔵が「着きました」と言って簾を上げた。

林を抜けた所に、だだっ広い野原があった。目の前に、古びた屋敷が建っている。正面には立派な瓦葺き屋根の門があった。

突然、門の扉がギギィと音を立てて開いた。

「ようこそ、お待ちしておりました」

一人の男が、腰を曲げて、丁寧にお辞儀をした。中肉中背、これといって特徴のある身体つきではない。垂れた目じり、顔の真ん中に獅子鼻が胡坐（あぐら）をかいている。笑ってでもいるような左右に引き伸ばされた口……。年の頃は五十代前半だろうか。身に着けている縦縞の着物は鮮やかな絹物だ。

「須弥屋さん、どすか?」

「へえ、わてが須弥屋幸右衛門どす。あんさんが、怖絵師の北川夕斎はんの娘さんどすな」

上辺は愛想良く言うが、本心は分からない。貴和が疑念を持って見つめているのが分かったのか、「ささ、奥へどうぞお入りやす」と片手を差し伸べた。

「うちに、なんの用どすやろ」

先に立って案内する須弥屋に、貴和はさっそく問いかけていた。

「話やったら、あんさんの方にあるんと違いますか。そない思うて、わての方から駕籠を向かわせましたんやけどなあ」

貴和はぐっと言葉に詰まる。

「せやったら、お聞かせください。なんで、うちのお父はんを辻斬りの下手人にしはったんどすか？」

声音を強めて尋ねると、須弥屋は飄々とした態度でこう言った。

「そら、あんさん。辻斬りが人を殺したんやったら、犯人が要りますやろ」

「捕まえるのは、ほんまの犯人どす。罪のないもんを死罪にするつもりなんどすか」

「そこが難しいところどすねん」

本当に困った、という顔で、いきなり須弥屋は振り返った。

貴和の足が思わず止まる。須弥屋は視線を、広い庭の反対側に向けた。渡り廊下があり、侍らしい男たちが囲んでいる部屋が見えた。

（浄雲さんも言うてはった。この屋敷には侍が何人もいるて……）

その時、突然、部屋の中から獣の唸るような声が聞こえたのだ。

「誰か、誰か刀をよこせっ。私をここから出せっ」

叫んでいるところを見ると、人のようだ。部屋の扉はぴっしりと閉められている。

警護の者たちの間に緊張が走ったのが、離れていても分かった。

「あれは、なんどす？」

恐る恐る尋ねた貴和に、「せやさかい、あんさんの言うてはる刀風どすわ」と答えて、
須弥屋はゆっくりと首を左右に振った。

「血を求める病に取り憑かれてますねん。元のお屋敷にいた時に、御付きのお女中を
二人も斬り殺しましてなあ。お屋敷の方も死体の始末に困りまして、わてになんとか
してくれ、て言わはって……」

「人殺しの犯人やったら、お奉行所に突き出すのんが道理どすやろ」

「さあ、それが、なかなかに難しい御方どして……」

須弥屋は煮え切らない言い方をすると、貴和の耳元に口を寄せ、ひそと囁いた。

「禁裏に関わりのある家の方どしてなあ。摂関家に繋がりがあるて御家柄どす。その
家の若君が、乱心して女中を殺したてなると、いろいろ面倒なことになりまっしゃろ。

とにかく、事を荒立てんよう、穏便に済ませるようにとのお達しどしてな」

「その若君の身代わりに、うちのお父はんを差し出したんどすか」

貴和は怒りで全身が震えそうになった。

「それは、あんさんしだいどすなあ」

須弥屋は商売人の顔を貴和に向けた。

「若君は、天明八年、あの大火事のあった年に疱瘡を患わはりましてな」

屋敷の者が鞍馬法師の噂を聞きつけ、須弥屋を呼んだ。

「お屋敷で祈禱をして、若君の疱瘡は立ちどころに良うなったんどすが、ふた月ほど前から、急に様子がおかしゅうならはりました」

鞍馬法師の祈禱に救われた者たちは、ある時期が来ると、急激に衰えて死に至ってしまう……。

「急に人が変わったようになって、刀を振り回しましてなあ。側におったもんを襲い始めたんどすわ」

正気に戻ることもあるにはあった。しかし、いつまた狂気に取り憑かれるか分からない。最初は座敷牢に入れていたが、いつまでも隠し通せるものでもない。そう判断した若君の父親は、鞍馬法師に再び委ねることにした。

「それで、この屋敷にいて貰うてますのや。どういう訳か、鞍馬法師の言うことは、よう聞きますさかい……」

「それは、鞍馬法師の命令なら、なんでも聞くてことどすか？」

貴和は刀風に襲われた時のことを思い出していた。貴和を本人の知らぬ間に四条河原まで連れ出せる者は、鞍馬法師しかいない。法師は、刀風を操って貴和の命を狙ったのだ。

「そういうたら、そうかも知れまへんなあ」

「あんさんは、平気なんどすか？」

貴和は須弥屋の胸の内を知りたかった。

「とても人とは思えない法師と、人斬りに取り憑かれたもんと一緒にいてて……」

「鞍馬法師は、ただ人を病から救おうとしてはるだけどす」

須弥屋はどこか庇うような口ぶりで言った。

「初めて法師様と会うたのは、三条河原の死人置き場どした。火事の焼け跡も生々しい頃どしてなあ。お役人も、町の復興やら人の救済やらで、そりゃあ忙しゅうしてはった時どす。夏の暑さと共に、疱瘡まで流行り始めて、京の町は地獄絵さながらどした」

　まだ息のある病人も助からないと分かったら、河原に捨てられた。そんな中、一人黙々と死人の間を歩いている者がいた。黒笠を被り僧衣を着ている。最初は、経文でも唱えて供養をしているのかと思った。ところが、手にしている杖が、時折白く光るのが見える。

　法師が去って行くと、息を吹き返した者が起き上がり、元気な足取りで歩き始めたのだ。

「それが鞍馬法師やったんどすわ。わては急いで法師の後を追いました。聞いてみると、信じられないような話をするんどす」

――死にかけている者のわずかな生気を集めて、少しでも生きられる力のある者に移しているのだ――

「生気移行法やそうどす。そないな術があるのは、初めて聞きました。それで、すぐにこれは金になる、てそない思いましたんや」

　命の残っている者すべてを助けているのではなかった。その中の何人かを選び、他者の生気を与えていたのだ。

「わては運のええ男どしてなあ」

改まったような口振りで須弥屋は言った。

「天明八年の年が明けた頃からどしたな。京の町に妙な噂が流れたんどす」

それは、やがて起きるであろう、大焼亡の予兆であった。

「愛宕山の天狗が絡んでいるとか、いないとか……。そないな話、普通は信じられるもんやおまへん。せやけど、わては、ふと、信じてみよう、て思いましてな」

小さいながらも金貸し業でやっと店を持ったところであった。それをすべて灰にするのは、あまりにも悔しかった。そこで須弥屋は早々に店を売り、堺へ転居した。店を売る時、多少値は叩かれはしたが、ほとんど被害を受けることはなかったのだ。

「せやさかい、鞍馬法師の言うこともすぐに信じましたんや。どうせ病を治すんやったら、金のある家の子供がええ。子供のためやったら親はなんでもしますさかい、親の生気がいるんや、て言うたら、喜んで差し出しました」

それればかりか、大店との繋がりも出来、大名家はもとより公家の中にまで取引先が広がった。

「今や須弥屋は、京都で一番の両替商や。それもこれも、鞍馬法師様ていう守り神のお陰どす」

「人の弱みに付け込んで、稼いだお金なんでっしゃろ」

貴和はきっぱりと言い放った。ほほう、と言うように、須弥屋はもさもさした眉毛を上げた。

「言葉に気ぃつけなはれ。この世には運のええもんと悪いもんがいてますのや。わては運が良かっただけや。運のないもんに恨まれる筋合いはおへん」

「それに」と、須弥屋はさらに言葉を続ける。

「わては鞍馬法師の人助けの手伝いをしてますのや。あの白香堂の嬢はんかて、わてが口利きをせなんだら、生きてはったかどうか……。たとえ生きられたとしても、顔には醜い痘痕が残って、とても小町娘とは言われへんかったやろ」

その時、須弥屋の足が止まった。そこは母屋から廊下で繋がった一部屋だった。しっかりと閉じられた板戸の前で、須弥屋が、「ここで鞍馬法師が待ってはります」と言った。

板戸を開ければ、他に襖も障子もなかった。四角い板張りの部屋で、四隅で蠟燭が揺れている。その部屋の真ん中に鞍馬法師は座っていた。法師の前には秘杖が置いてある。

法師は貴和の正面にいた。相変わらず黒笠を被っている。その下に果たして人の顔があるのかどうか……。

「座りなさい」と鞍馬法師が言った。思っていたより、人の声音に近かった。

（もしかしたら、これは仙蔵て人の声なんやろか）

今、目の前にいるのが鞍馬法師だとしても、その姿形は父、仙蔵のものなのだ。

「笠を取っておくれやす。人としての顔が見てみとうおす」

鞍馬法師に人の心があるのかどうかは分からなかったが、どうやら貴和の願いを聞いてくれる気になったようだ。

貴和の前で、法師はおもむろに笠を取った。

法師というからには、髪を剃っているものと思っていた。だが、黒笠を取ったそこには、長い髪を背で纏めた、おだやかで端正な顔があったのだ。

（これが、仙蔵の本来の顔や）と貴和は思った。母、美津が愛した男の顔だと……。

そう思うと涙が零れた。

「お父はんに、何があったんどすか。教えておくれやす」

貴和は法師に懇願した。

「この男は、あの冥道谷の崖から落ちる途中、中腹にあった天狗秘杖を摑んだのだ。その時、男の中の強い願望に、秘杖が呼応した。さらに秘杖の力は我らの念を呼び寄せ、我らはこの男の魂と一つになることができた」

「浄雲さんが、あんさんは幽者だと言うてはった」

「修行を積んだ地行者の魂と、天地の神霊が一つになったものを鬼霊という。天鬼、または天行者とは、その鬼霊を持つ者のことだ。幽者の魂は、ありとあらゆる魂の坩堝だ。混沌としていて複雑だ。しかし天行者と違って、戒律に縛られることがない。人の運命など考えもしない。ただ一つの望みを追い求めるだけだ」

「仙蔵の望みとは、なんどす？」

「人をあらゆる病から救うことだ」

「それは……」と言ったきり、貴和は絶句していた。

それは誰もが望むことだ。医者ならば、誰もが……。それの何が悪い、と言われれば、咄嗟には何も答えられない。

「だが、我ら幽者は生気が欲しいのだ」

「そのために、天狗秘杖に根がいるんどすか」

「根がなければ、秘杖はただ生気を移し替えることしかできぬ。秘杖のお陰で仙蔵は危ういところで命を繋いだ。この男を生かしているのは、そのわずかな生気だ」

「せやったら、お父はんはまだ生きてはるんどすか？」

幽者には幽気しかない、と浄雲は言った。だが仙蔵にはまだ生気が残っていると言う。ならば、人として生きることもできるのではないか……、貴和はそう考えたのだ。

「人が生きて行けるだけの生気ではない」

鞍馬法師は冷たく言い放った。

「天狗秘杖の力で、かろうじて生き長らえているだけだ。杖を失えば、仙蔵は死ぬ」

貴和は息を飲んだ。鞍馬法師から天狗秘杖を奪えば、法師もろとも仙蔵も死んでしまうのだ。

「結局、秘杖が今のままでは、誰一人、本当に救うことはできないのだ」

鞍馬法師は感情の見えない声でそう言った。

誰かを助けるためには、他者の生気を移さなくてはならない。しかし、その生気はられない。

命に定着することなく、時が経てば消えてしまう。生気を分け与えた者も長くは生き

「天狗秘杖は、命の生死を司る。それを扱えるのは、秘杖の主のみ。つまり、天行者だ。天行者の生気はとても強い。だからこそ長命であるし、人の身体を器にしてさらに生き長らえることもできる。最初、私は、この秘杖を目覚めさせることだけが目的であった。それには、お前の中の根がいる」

「せやさかい、うちを狙うてはったんやろ。うちが小さい時から……」

「そうだ。だが鷹に邪魔をされたせいで、お前を見失ってしもうた」

「浄雲さんは、うちを守ってくれてはったんや」

「そこで私は須弥屋と手を組んだ」

貴和は驚いた。須弥屋の方が鞍馬法師を利用しているとばかり思っていたからだ。

「須弥屋は、お前をここに呼び寄せる手筈を整えてくれた」

それが、夕斎を辻斬りの下手人にすることだったのだ、と鞍馬法師は言った。

「お前の所在が分かっても、鷹がお前の側にいて、近づくことができなかった。だが夕斎を使えばことは簡単だ。夕斎のために、お前は自らここへ来るだろうと、須弥屋

は言ったが、その通りになった」

「せやったら、お父はんを助けてくれはるんどすか」

「お前が、私の願いを聞くならば……」

「あんさんの願いは、うちの根どすやろ」

すると、鞍馬法師はそれを否定するようにゆっくりとかぶりを振った。

「それだけでは足りぬ。私は、燕児が欲しい」

「なんで、燕児さんを……？」

貴和は啞然とした。

「須弥屋と関わっている内に、私もさらなる欲を持った。天狗秘杖の主となるだけでは飽き足らぬ。私は燕児の鬼霊が欲しい。そうすれば、私は天鬼の力を手に入れることができる」

「せやけど、天行者には戒律があると……」

「戒律など、私は知らぬ。欲しいのは力だけだ。そうすれば、今度こそ、あらゆる者の命を救うことができるのだ。お前が刀風と呼ぶ、あの乱心した若者も救える。仙蔵の悲願も適う。我ら幽者も生気を得られる」

「せやけど、燕児さんは、ここには……」と貴和が言いかけた時、部屋の板戸が開いて、須弥屋が現れた。

その背後にはすでに宵闇が漂っている。庭木の間にちらちらと揺れているのは、石灯籠(いしどうろう)の明かりのようだった。

「法師様のお望みの品どす」

須弥屋の言葉に、松蔵が誰かを連れてやって来た。見ると、縄を掛けられた燕児だ。

「思うた通り、駕籠の後から付けて来てました。日が落ちるのを待って忍び込んだようどすけど、ここは警護役がうろうろしてますよって、すぐに捕まりましたわ。痛めつけるな、て言うときましたさかい、無傷どす」

「燕児さんっ」

貴和は燕児に駆け寄ると、燕児の縄を解いてやった。

──(貴和ちゃん、大丈夫なんやな)──

「うちのことより、あんたのことや」

「この二人、なんや面白うおますな」

須弥屋が呆れたような顔をした。

「まるで互いに話してはるようや。小僧は物を言わんていうのに」

「須弥屋、礼を言う。これで私の欲しい物は揃うた」

するると、須弥屋はにこりと相好を崩した。

「これで、あの若君の乱心も治りますなあ。それにしても、なぜ、あのお方だけが、あないな病になったのか、ほんまにおかしなことどすなあ」

大抵の者は、皆弱って死んで行く。だが、刀風だけはむしろその逆であった。己の力が強くなりすぎて、その力を持て余しているように見えなくもない。

その理由を貴和も知りたいと思った。だが、鞍馬法師は何も言わない。知っていて答えないのか、それとも知らないのか……。

鞍馬法師が沈黙したので、須弥屋は引き際だと思ったのか、松蔵を従えてそそくさと部屋を出て行った。

「あの若者には、誰も生気を差し出す者がいなかった」

鞍馬法師がぽつりと言った。

「産みの母親は亡くなっていた。義理の母親も、父親の側室も嫌がった。父親ですら命を削られると聞いて躊躇（ちゅうちょ）していた」

「もしかして、親は自分の命が短うなるのを承知で、子供に分け与えたんどすか？」

貴和は、何も知らないまま、生気を奪われているのだとずっと思っていたのだ。

「一応、話はした。信じるかどうかはそれぞれだ。だが、須弥屋はそのことを固く口止めしていた。外に漏れれば、祈禱を受ける者が減ると考えたようだ」

「それを知っていても、親ならば承知したんと違いますか？」

雪乃の母親も、すべてを承知の上で娘に生気を分けたのだろう。それを思うと貴和の胸は熱くなった。志保の両親も、鞍馬法師から聞かされた上で、祈禱を頼んだのに相違ない。

「それで、若君の生気はどないしはったんどす？」

「仕方あるまい。処刑される筈だった罪人の命を使うた」

「その、罪人、て……、まさか」

「多くの人を殺めた、辻斬りであった」

「あんまりや」

貴和は思わず声を上げていた。

「若君が可哀そうや」

あまりにも哀れで、貴和は刀風のせいで夕斎が牢に入っているのも忘れていた。

「助けられるのは、天狗秘杖とその主である天鬼だけだ。苦しんでいるのは、若君や雪乃だけではあるまい。お前は、すでに覚悟を決めて私に会いに来た筈だ」

「せやったら、秘杖を燕児さんに返して。それは天行者の杖や。あんたのもんやあらへん」

「では、燕児に、お前が殺せるのか？」

鞍馬法師はにやりと笑った。その顔がすでに形を失いかけている。かつて貴和が怖れた、「恐怖」に変わろうとしていた。

「この秘杖の七つの節の目がすべて開けば、私が主となる。そうなれば燕児の鬼霊を奪い、私が天鬼となる」

鞍馬法師は秘杖を手にすると、ゆっくりと腰を上げた。秘杖が白い輝きを放ったかと思うと、たちまちその姿は一振りの刀に変わっていた。

「刀風にこの刀を持たせて、お前の命を奪おうとしたが、あの鷹が現れた。だが、今は鷹はいない」

鞍馬法師はそう言うと、秘杖の変化(へんげ)した刀を振り上げていた。

その時だった。表で悲鳴が上がり、騒然とした様子が板戸の向こうから聞こえて来た。悲鳴だけではなく怒号も起こった。誰かの笑う声まで響く。

突然、ガラリと板戸が開いて、須弥屋と松蔵が転がり込んで来た。

「ほ、法師さま、大変どす。若君が……」

呼吸も荒く須弥屋は何かを訴えようとしている。後ろを指差す手がひどく震えていた。

「旦那様、早う逃げた方が」と、松蔵が幸右衛門を促した。しかし、ここまで来て須弥屋は腰が抜けたのか、全く動けなくなっていた。

貴和が庭に目をやると、一人の若者の姿が目に入った。髪を振り乱し、全身が血塗れになっている。警護の侍のものらしい死体が、辺り一面に転がっていた。若者は片手に抜き身の刀を、もう片方の手には、男の生首をぶら下げている。

(刀風や)と、貴和は咄嗟に思った。四条河原で襲われた時、顔はよく見えなかった。だが、今、現れた男の左目は潰れ、半顔には傷跡が残っている。

(浄雲さんの付けた印や)

「なぜ、あの者を逃がしたのだ」

鞍馬法師が須弥屋に問いただした。

「そ、それは……」

須弥屋は口ごもった。上手く言葉が出て来ないようだ。

「暴れていたのが、やっと大人しゅうなりまして……」

傍らにいた松蔵が、代わりに答える。

「それから、何やら急に苦しみ始めて……」

苦し気な声を上げられ、侍等もさすがに気になり出した。身分の高い公家の若君に何かあっては、責任を問われる。そこで一人がそっと部屋の中の様子を窺おうとした。

「わずかに広げた板戸の隙間から、いきなり腕が出て中に引き込まれたんどす。若君はその侍から刀を奪い取り、その後は……」

この惨劇であった。

刀風は生首を放り出すと、一歩また一歩と彼等の方へ近づいて来る。

「若君、これほどの命を奪っておいて、まだ満足できませぬか」

鞍馬法師は宥めるように言った。

「貴様が言うたのだ。これは私の病なのだ、と。病ならば治してみせよ。治らぬならば、それが私の宿命だ」

「治す方法ならばある」

鞍馬法師は手にしていた秘杖の刀を翳(かざ)してみせる。

「見覚えがあろう、あの夜、私が若君にお渡しした刀だ」

刀風の顔が子供のような無邪気なものに変わった。

「そうだ、あの時の刀だ。美しい、まことに美しい刀だ」

刀風は持っていた刀を落とすと、鞍馬法師に懇願した。

「それを、私にくれると言った。娘を斬り殺したら……」

そう言った刀風の視線が、貴和に向けられる。

「その娘の命を奪えば、刀をくれる筈だった。あの時、鷹さえ現れなければ……」

刀風は悔しそうに顔を歪めた。

いきなり、鞍馬法師が貴和の腕を摑んだ。止めようとした燕児は法師に振り払われ、その場に倒れ込んでしまう。

「愚か者め。半端者の天鬼が、この私に勝てると思うのか。お前は黙って見ていれば良いのだ」

法師は燕児にそう告げると、刀風の前に貴和を突き出した。

貴和の眼前に、刀と化した秘杖が振り上げられる。

（殺される）と思った瞬間、耳に、燕児の悲痛な声が聞こえた。

「貴和ちゃんっ」

貴和はハッとして心の臓が止まりそうになった。

（あかん、燕児さん、声を出したら……）

その瞬間、刃が白い軌跡を引いて振り下ろされたのだ。

首から胸にかけて鋭い痛みが走る。

（うちは、死ぬんや）

そう思った時、以前、燕児の中から聞こえた声が貴和の頭の中に響いたのだ。

――我の名を思い出せ。我は最初の天行者にして、そなたに命を与えしもの――

刀風の刃が再び閃き、貴和は地面に両膝をついた。身体が倒れて行くまさにその時、
貴和の口からは、次々に言葉が飛び出していた。

「我が主の名は帰燕、清燕、空燕（くうえん）にして、我に命を与えし者の名は虚燕（こえん）なり」

地に倒れ込んだ貴和の目に、燕児が立ち上がる姿が映った。燕児の全身を白い輝き

が布を纏ったように包み込んでいる。

燕児は刀風に向かって行くと、その手から秘杖の刀を瞬く間に奪い取っていた。

燕児の手に渡った刀は、再び元の秘杖へ変わった。鞍馬法師が、秘杖を奪おうと燕児に飛び掛かる。

秘杖の輝きがさらに強くなった。

(うちの命が、還って行くんや)

貴和は最後にそう思った。

(秘杖の主は燕児さんや。急がんと、雪乃ちゃんばかりか、お輪さんも……)

ふいに地面に穴が開いた気がした。貴和は自分の身体が果てしなく落ちて行くのを感じていた。

其の二

――きわ、きわ……――

誰かが呼んでいる。貴和は目を見開いた。周囲は真っ暗だった。ひどく身体が軽い。闇の中に貴和は一人で浮かんでいるのだ。

音が一切聞こえないのが、ただ怖かった。無音の世界がこれほどに怖ろしいものか……。

その時、聞こえて来たかすかな声に、貴和はなぜか安堵していたのだ。

「誰なん、うちを呼んでんのは……」

声に出そうとしたが、思うように口が動かない。

──貴和、私だ。今なら間に合う。私の手をとりなさい──

いきなり、眼前に男の手が突き出て来る。貴和は驚いた。

──わずかだが、私の生気をお前にやろう。それが、父としてお前にしてやれる唯一のことだ──

(父として?)

その言葉に、咄嗟に貴和の頭に仙蔵の顔が浮かんだ。鞍馬法師に見せられたのは、無表情で冷たい顔であった。だが、今聞こえている声は、優しく、温かい。

貴和は迷わずその手を摑んでいた。

急に身体が重くなった気がした。今度こそ、果てしない底に落ちる、と思えた時、しっかりと握り返して来たその手が、貴和を上へ上へと引き上げ始めたのだ。

貴和の視界が開けた。気が付くと、須弥屋の屋敷の庭の中にいた。建物の大半が崩壊している。その中で、秘杖を手にした燕児と鞍馬法師が向き合っていた。

鞍馬法師はすでに人の形を失っていた。それは、ゆらゆらと立ち昇る、炎の形をした黒い靄の塊であった。目のある辺りだけが丸く光っている。

おそらく、仙蔵が法師から離れたのだろう、貴和にはそう思えた。

その黒い炎から突然二本の柱が噴き出した。それが蛇のようにうねりながら、燕児の手にしている秘杖に絡みついている。

鞍馬法師は、何がなんでも秘杖を奪うつもりのようだ。それは怖ろしいまでの執念であった。

それほどまでに、彼等は生気が欲しいのだろう。理由などはもはやないのかも知れない。

この世に未練を残し、執着したあまり、彼等の魂は幽者となった。幽気の塊である彼等は、ただ生気がないからこそ、それが欲しいのだ。

次の瞬間、秘杖が眩い光を放った。その輝きは、鞍馬法師の黒い炎さえも、純白に見えるほどだ。貴和は目を開けてはいられなくなった。

やがて、貴和は恐る恐る目を開いた。

夜明け前の薄明の中、燕児がぽつんと立っていた。燕児の手にした秘杖がまだ白い光を放っている。秘杖についている七つの節の目が、すべて開いているのが分かった。

燕児が貴和の方へ顔を向けた。ゆっくりとした足取りでやって来て、庭木の間に座り込んでいた貴和を見下ろした。

「燕児、さん？」

不安を感じて問いかけたのは、まるで燕児が別人のように見えたからだ。あのどこかひ弱さの残る十六歳の少年とは、到底同じ人物とは思えなかった。

「私の名は虚燕。秘杖の主だ」

「燕児さんとは、違うん？」

「私と燕児の魂は一つになった。だから、私は燕児でもある」

そう言って虚燕と名乗った燕児は、貴和の前にしゃがみ込んだ。それから、手にしていた秘杖の頭を、貴和の胸に押し当てる。

秘杖から何かが貴和の中に流れ込んでいるのが分かった。

「何をしてはるん？」

尋ねると、「生気を与えているのだ」と虚燕は答えた。

「そなたの生気はとても弱い。このままではそう長くは持たぬからな」

「うちの命、お父はんがくれた」

仙蔵は、咄嗟に摑んだ秘杖のお陰で、冥道谷の下まで落ちても息があった。秘杖の生気が仙蔵を生かしたのだ。しかし、幽気の力が強かったために幽者を取り込んでしまった。

彼等を呼び寄せたのも、また秘杖であった。根がないために、力の抑制ができなかったのだ。

「燕児さんのお母はんは、どないなりました？」

燕児が声を出した時、お輪は果たして無事であったのだろうか。

「案ずることはない。燕児は天行者として目覚めた。秘杖に根も戻った。それで母御の命は守られる」

「鞍馬法師は？」

「幽者は生気を欲しがる。だから望み通りに生気を与えてやったのだ。生気が幽気に勝った時、彼等は散り散りになって消えた。つまり彼等が本来行くべき場所へ行ったのだ」

「そこは、どないな所なんどす？」

問いかけたのは、もし仙蔵もそこへ行ったのならば、その場所は美しい所であって欲しいと思ったからだ。

「そなたが、それを願うならば、そうなるであろうな」

その言葉を聞きながら、貴和の胸には別の思いが湧き上がって来た。貴和の隣にいるのは、もはや貴和のよく知っている燕児ではなかった。声に出して話しているだけではない。

言葉使いも、全身から漂う雰囲気も、すでに天行者、虚燕なのだ。

「そなたの思いはよく分かる」

慰めるように虚燕は言った。

「だが、忘れるな。この天狗秘杖にはそなたの命が入っている。そして、私の中には燕児がいる。そなたたち二人を繋ぐ縁は、この世の何よりも強く深いのだ」

「うちと燕児さんは、ずっと一緒や。そういうことどすな」

「そうだ」と虚燕は初めて笑顔を見せた。その顔は燕児そのもので、貴和は思わず涙が零れそうになった。

「立てるか」と虚燕に聞かれ、貴和はすぐに立ち上がった。秘杖から貰った生気のお陰なのか、身体の奥から力が湧いて来るようだ。

貴和は改めて周囲を見回した。辺りは少しずつ明るくなり、朝日に照らされて、屋敷の惨状が露になっていた。

庭先には幾つもの死体が転がっている。皆、刀風に斬られた警護役の侍たちだった。

その刀風は、前栽の大岩にもたれるようにして座っていた。よく見ると、笑っているようだ。何がおかしいのか、クスクスと笑いながら独り言を呟いている。近づいてみても、貴和には気づかないようだ。目の焦点も定まってはいない。

「その男は正気を失っている。少なくとも、病は治ったようだな」

平然とした口ぶりで虚燕が言った。

その時、「旦那様、旦那様」という何やら切羽詰まったような声が聞こえて来た。

見ると、須弥屋がふらふらと歩いている。傍らには松蔵がいて、しきりに呼びかけていた。

「須弥屋さん、どないしはったんどすか？」

貴和が尋ねると、松蔵は困惑したように言った。

「さっきから呼びかけてるんどすけど、何やらはっきりせんのどす」

須弥屋は、自分が誰なのか分からないらしい。

「名前も店のことも覚えてはらしまへん。わてのことまで、すっかり忘れてしもうて」

須弥屋は屋敷の様子を見ても、何も感じていないかのようだった。ただおぼつかない足取りで、右へ左へ身体を揺らしながら歩き回っている。

「ついて来なさい」

虚燕は貴和を促した。

「あの人たちのことは、放っておいてもええんどすか？」

貴和が尋ねると、「人の始末は、人がするものだ」と虚燕は答えた。

真葛原を出た虚燕は、帰る道とは反対の山の方へと向かった。貴和はどこへ行くのか尋ねたかったが、虚燕がスタスタと大股で歩くので、後を追うだけで精一杯だった。

間もなく林の間を抜けて山の上に出た。そこからは、京の町が一望できる。

しかし、景色を見るために虚燕がここに来たのではないことはすぐに分かった。夜の明けかけた京の町が、何やらぼんやりと霞を帯びて見える。

「鞍馬法師に病を治して貰った者たちの生気が、命に定着できずに、離れて行っているのだ」

虚燕の言葉に、貴和は雪乃の身体から立ち上っていた白い煙のような生気を思い出していた。もう、あの時のようにはっきりとは見えなくなっている。

(うちの中から、秘杖の根がのうなってしもうたからやな)

それを思うと、なんだか寂しい気持ちになった。

「あの中に、雪乃ちゃんの生気もあるんやな」

貴和が言うと、「急がねばならぬな」と虚燕が呟いた。

「志保さんは、どないなるんやろ。鞍馬法師の祈禱も受けられんようになってしもうて」

本当は受けなくて良かったのだ。しかし、このままでは志保も間もなく命を失ってしまうだろう。

「根を守ってくれたそなたへの礼だ。志保の命も助けよう」

虚燕は、秘杖を眼前に翳した。放たれた白い輝きは朝日に溶け込み、京の町全体を照らして行った。

「皆、助かるんやな」

貴和は心から安堵していた。

「雪乃ちゃんも、志保さんも、生きていけるんや」

「あの者等の命を救ったのは、そなたの父、仙蔵なのだ」

虚燕が諭すように貴和に言った。

「元々、仙蔵が病を治した。今まで命を繋いでこれたからこそ、これからも生きることができる。そなたは、仙蔵を誇りに思うて良いのだぞ」

「おおきに。そう言って貰えて、うちは嬉しい」

幽者と共にあっても、仙蔵の願いは、ただ純粋に人の病を治すことだけだった。そうして、最後には貴和の命を救ったのだ。

（お父はん、ほんまに、おおきに）

貴和は胸の内に呟いていた。

第七章
虚燕

高倉通の家の前で、貴和は虚燕と別れた。

「これから、どないするんどすか？」

別れ際、貴和は尋ねた。

「天行者となり、山へ行く」と虚燕は答えた。

「縁見屋さんへ、何も言わずに行かはるんどすか？」

「それでは燕児が承知すまい」

その言葉に、貴和は少しだけほっとした。

「お輪さんにだけでも、最後に顔を見せてあげておくれやす」

虚燕は無言のまま頷いていた。


それから一時ほどが経ち、着替えを済ませた貴和が白香堂へ来てみると、家がすっかり明るくなっていた。雪乃が回復したのだ、とお梅が教えてくれた。

「孝吉さんが男泣きに泣くもんやさかい、却ってうち等が泣きそびれてしもうた」

お梅は文句を言う。

「せやけど、ほんまに嬢はんのことが好きやったんやなあ」

雪乃はすでに起き上がろうとしていた。

「貴和ちゃん、お風呂の用意をして。なんや浴衣が薬臭い」

いつもの雪乃だった。

お風呂に雪乃が入っている間、着替えの用意をしているところへ慈庵がやって来た。

「貴和さん、奉行所から知らせが来た。あんたのお父はん、じきに放免されるえ」

「疑いは晴れたんどすか？」

「達磨堂がすべては須弥屋の企てや、て証言したんや。ところが、須弥屋を呼んで事情を聞こうにも、二条の家にはいてへん。それで、真葛原にある別宅に町方が乗り込んでみると、これがまた死人の山や。中に一人だけ気の狂れた若者がいてな。この男がほんまの下手人や、てことになった。何しろ手には抜き身の刀を持ってて、へらへら笑いながら、町方に向かって振り回して来たんやそうや」

「何者か分かったんどすか？」

須弥屋の話では、とても身分の高い公家の若君ということであったのだが……。

「本人は正気を失うとるし、身元を語れるもんは、皆、死んどる。犯人として捕らえて、死罪にして終わりやろ」

「須弥屋は、どないなりました？」

「屋敷の中にいてたんで捕まえはしたんやけど、こちらも、何や様子がおかしいそうや。それでわしが呼ばれたんやが、どうも記憶が全くないらしい。自分が何者かも分からんようになっとる」

「須弥屋さんは、一人やったんどすか？」

確か松蔵もいた筈なのだ。少なくとも、彼だけはすべてを把握しているように思える。

「他には誰もいてへんそうや。ともかく、ほんまの犯人が捕まったんや。夕斎はんも明日には戻って来はるやろ」

どうやら、松蔵は事の大きさを察して逃げ出したようだ。

（お母はんと二人で、お父はんの帰りを待とう）

と、貴和は思った。親子三人の暮らしが戻って来る。それが何よりも嬉しかった。

翌日の夕方、夕斎は家に戻って来た。貴和は美津と二人で、夕食の支度をして待っていた。

「帰って来たで」

少しばつの悪そうな夕斎の声が玄関先で聞こえた。貴和は出て行かなかった。代わりに美津が迎えに出た。

「みつっ、お、お前……」

夕斎の驚く声が、厨まで届く。

続いて聞こえて来た泣き声は、母ではなく夕斎のものだった。貴和は慌てて玄関に向かった。

「美津、美津、よう戻って来た。わしは、待っとったんやぞ。ずっと待っとったんやぞ」

夕斎は美津に縋るようにして、子供のようにわんわん泣いている。美津が宥めるように夕斎の肩を撫でてやっていた。

「待たんでもええのに。あんさんには幸せになって貰いとうて、うちは離縁状まで置いて出て行きましたのに。貴和のことかて、お陽さんに頼んで……」

「あほう」と夕斎は泣きながら怒った。

「何が離縁状や。涙で文字が滲(にじ)んでたやないか。亭主が嫌で出て行く女房が、なんで泣きながら離縁状を書かなあかんのや」

貴和は足音を忍ばせるようにして厨に戻った。しばらくの間、二人をそっとしておこうと思ったのだ。


次の日、白香堂へ行くと、雪乃の部屋が何やら賑やかだ。お絹が、「今、志保さんが来てますのや」と、驚いたような顔で言った。

雪乃の部屋では朝顔の花が咲き誇っていた。朝顔の模様の浴衣を着た雪乃と志保が、姿見の前で互いの容姿を見比べていたのだ。

「これから、祇園祭に行くんや」

と雪乃が貴和を見て楽し気に言った。

「どうえ、貴和ちゃん。雪乃ちゃんが縫ってくれた浴衣、うちに似合う？」

志保はすっかり元気になって、美しさが匂い立つようだ。

「よう似合うてはるえ。二人とも、とても綺麗や」

雪乃と志保は若い娘のように、顔を見合わせてクスクスと笑った。

「貴和ちゃんも、一緒に祇園さんへ行こう」

雪乃が誘ったが、貴和はそれを断っていた。これから行く所があったからだ。


貴和の訪ねた先は、縁見屋だった。

貴和が店先で声をかけると、すぐに奥からお輪が現れた。家の中が妙に静かだ。

「貴和さん、待ってましたえ」

お輪は貴和を座敷へと招いた。

「誰もいてはらへんのどすか？」

不思議に思って貴和は尋ねた。

「主人の徳次が、子供たちとお咲を連れて実家へ行ってますねん」

とお輪は答えた。

「丁度、お祭りに呼ばれてましてなあ。昨日から、あちらへ泊まってはります」

「燕児さんは……」

と、言いかけて、貴和は躊躇った。どう言ったら良いのか分からなかったのだ。

「貴和さんの気持ちは、よう分かります」

お輪は寂しそうに笑った。

「二日前、燕児が戻って来た姿を見て、すぐに思いました。『これは、燕児やない』て」

お輪には一目で分かったのだ。もうここにいるのは息子ではなく、天行者なのだと……。

「『虚燕』と名乗らはりました。かつて帰燕様の中にあった魂の一つなのだと言われました。最初の一人目なんやそうどす」

貴和の言葉に、お輪は少し嬉しそうな顔になった。

「こないな話を聞いてくれはるお人がいて、ほんまにようおした」

「虚燕様はなんと言われたんどすか?」

「このまま山へ帰るて言わはりました。うちは、それを止めましたんや」

もう少しだけ、燕児として家族と過ごして欲しい。燕児もきっとそれを望んでいる筈だから、と……。

「親戚の家に行く話もありましたし、別れる時は、弟や妹がいてへん方が燕児にとってもええ、て思いましてなあ。うちの人も、そないしてくれ、言うて……」

「いつか、燕児さんが家を出て行くと思うてはったんどすか?」

するると、「へえ」とお輪は頷いた。

「この子は山へ帰って行く子や、て、覚悟はしてました。できれば、このままずっといて欲しかったんどすけど、そうもいかんやろ、て……」

お輪の夫の徳次も薄々感じていて、その時が来たら、快く送り出してやろう、と、二人で話し合っていたのだという。

「そのために、行者の衣服を用意しておりました。まさか、こない早う別れる時が来るとは思うてなかったさかい、少し、寸法が大きゅうなりましたんやけど」

「虚燕様は、それを身に着けて行かはったんどすな」

「今朝早う、最初のお日様の光を背負うようにして、天狗橋を渡って山へ帰って行かはりました。橋の途中で一度立ち止まっただけで、振り返りもせずに……」

お輪の目から、涙が一筋零れて落ちた。

「そうそう、おかしなことがおましたんや」

お輪はすぐに涙を拭うと、笑みを見せてこう言った。

「燕児が天狗橋を渡っている時に、空から鷹が舞い降りて来ましてな。燕児の肩に止まったんどす」

浄雲も虚燕を待っていたのだ。新しい主を……。

「燕児さんは、いつか帰って来はりますやろか」

するとお輪は声音を強めてこう言った。

「待っているもんがいてる限り、必ず戻って来ますやろ。その時は、姿形は変わっているかも知れまへんけどなあ」

たとえ違っていたとしても、きっと見つけられるだろう、と貴和は思った。

貴和は燕児の天狗秘杖だった。秘杖は常に主と共にある。

今、この時も……。